2e édition 2020

Édition brochée 2013
Les Éditions Première chance
Saint-Alexis-des-Monts (Québec) J0K 1V0
Canada
ISBN : 978-2-9244288-76-4

Merci à ceux et celles
qui me soutiennent dans mes folies.

Merci à mes enfants
qui me permettent de grandir, moi aussi.

- 1 -

Lorsque le nuage de noirceur se dissipa devant mes yeux, très lentement, suivant mon agonie, je me trouvais recroquevillée par terre dans le coin le plus éloigné du lit de la chambre de mes parents. Je mis plusieurs battements de cils avant d'être en mesure de voir un couteau ensanglanté à mes côtés. Je baissai le regard pour découvrir mes mains poisseuses, les giclées de sang sur mes jambes, mes bras et mes vêtements. Ma tête semblait coincée. J'eus de la peine à la tourner pour regarder autour de moi. Il y avait du rouge partout : sur les murs, sur le plafond et sur le plancher. Le plafonnier avait été allumé. Peu à peu, je percevais Rénald dans la pièce. Il parlait au téléphone. Les sons ne me parvenaient que très flous, au ralenti. Je n'arrivais pas à saisir ce que mon frère disait. Un bourdonnement incessant vibrait comme le bruit d'une ruche dans mes oreilles. Je fus bientôt prise d'un fou rire incontrôlable. J'étais incapable de m'arrêter. Ce n'était pas moi qui riais. C'était quelque chose qui se tapissait depuis longtemps dans mon âme et qui sortit de moi de façon horrible cette nuit-là. Je voyais mieux, à présent. Rénald raccrocha violemment le combiné, accouru vers le coin où je me trouvais. Il se planta devant moi, le visage d'un bourreau, les membres tremblants. Il me prit sèchement sous les bras, me leva d'un trait. Je me retrouvai debout, toujours hilare.

— Jocaste, câlisse! Qu'est-ce que t'as fait? demanda-t-il entre ses dents serrées.

Je ne pouvais pas répondre. Je riais. Son teint si pâle lui donnait un air de statue de cire. Ses yeux fous semblaient sortir de leur orbite, tant il était enragé. Il me gifla d'abord sur la joue droite, puis voyant que je ne reprenais pas mes esprits, me gifla sur la joue gauche. Des ambulanciers et des policiers envahirent la chambre. Je cessai de rire. Je pleurais en me frottant le visage. Je me laissai retomber sur le sol, entourant mes jambes de mes bras, baissant la tête, comme si j'avais pu ainsi disparaître dans une sorte de carapace. Je n'entendais plus rien. L'odeur de ma propre peur, la sueur qu'elle faisait perler à mes aisselles, me montait au nez. J'étais paralysée. Je ne pleurais plus, je ne riais plus. Je respirais à peine. Dans mon esprit défilaient des images de moi, pendant l'enfance : mon père qui m'accueillait à bras ouverts, ma mère qui me berçait près de la fenêtre, mon ourson en peluche. Alors que je me sentais bien avec ces images, mes parents me sont apparus tous les deux debout devant moi, des couteaux dans les mains. Leur sourire machiavélique et la lueur de folie dans leurs yeux me firent frissonner. Je levai la tête.

Ma vision était maintenant claire et mon ouïe était revenue. Mon frère avait disparu. Des policiers en combinaison blanche prenaient des photos. L'agitation m'étourdit. Je fixai mon attention sur une paire de jambes dans des pantalons noirs, immobiles devant moi. Je levai la tête. Un homme dans la cinquantaine, en complet, me tendait la main. Je la saisis pour me relever, lui faisant face. Costaud, il arborait une moustache grise. Ses yeux, derrière des lunettes discrètes à monture dorée, exprimaient une douceur comparable à celle que j'avais jadis remarquée dans le regard d'un chaton.

— Monsieur? dis-je la voix chevrotante. Est-ce que c'est fini, là? Est-ce que je vais pouvoir vivre, astheure?

- 2 -

En toute honnêteté, ce que j'ai vécu de pire, outre les affres de la maladie, ce fut mon procès. La préparation fut également ardue : rencontre avec mon avocate, rencontre avec une psychologue, rencontre avec mon avocate, rencontre avec un psychiatre, rencontre avec mon avocate, rencontre avec un deuxième psychiatre, rencontre avec mon avocate. Tout ce beau monde ne cherchait qu'à comprendre l'incompréhensible. Ensuite, en cour, je dus demeurer assise et muette, à écouter des experts répondre aux questions des procureurs sur le fonctionnement de mon cerveau. J'accordai ma confiance les yeux clos. Il paraît qu'un accusé qui témoigne est une mauvaise stratégie. Tout cela pour me voir étiqueter : « cette femme n'est pas apte à subir son procès ». Maintenant que toute cette histoire est terminée, j'aurais aimé oublier. Hélas! je suis humaine et ma mémoire est une faculté qui ne m'oublie pas.

Je me trouve en établissement pour cause de troubles mentaux. Je déteste cet endroit où les échos se moquent de moi. Les murs sont des falaises arctiques. Leur froideur glacerait les hommes les plus braves. Pendant le procès, j'avais peur de me casser. Pourtant, la brisure est advenue en passant la porte principale de l'établissement, des menottes aux poings. Je pris conscience de l'ampleur de la sentence. Un cri effroyable, bestial monta dans ma gorge, mais mourut sur ma langue. La résignation m'empêcha de le laisser naître. Une phrase dite par mon avocate, lors de son plaidoyer, m'est revenue en tête : « Ma cliente n'a pas besoin d'une cage, elle a besoin de soins ». Le jury l'a cru. Je suis enfermée malgré tout. Qu'elle soit dorée ou d'acier, une cage reste une cage, madame la procureure! La prison goûte peut-être le métal, mais ce n'est sûrement rien par rapport au goût de soufre dans ma bouche, quand je me couche le soir. J'aurais aimé connaître l'enfer après ma mort, pas pendant ma vie.

Depuis plusieurs mois, toute une équipe s'occupe de moi. Les thérapies me demandent autant d'énergie qu'un marathon. Elles causent des tsunamis d'émotions. Je me prête néanmoins au jeu, car je veux sortir de cet établissement. Je ne guérirai jamais complètement. Par contre, il est possible que je puisse vivre presque normalement un jour. Voilà mon but. Ici, il y a des agents de sécurité au cas où un patient se risquerait à prendre la poudre d'escampette. Ces hommes en uniforme bleu m'intimident. Ils me rappellent que, même libre, je resterai toujours prisonnière. Oui, prisonnière est le bon mot! Je devrai consommer des médicaments très puissants jusqu'à ma mort. Leurs effets secondaires sont incapacitants. Physiquement, le pire est que je doive dormir une douzaine d'heures par nuit d'un sommeil artificiel. Psychologiquement, c'est abominable. Je ne ressens presque plus mes émotions, qu'elles soient négatives ou positives. Parfois, j'ai l'impression que la médication me retire ce qui me définissait comme un être humain. D'autres fois, je me sens reconnaissante. La souffrance de jadis se supportait moins bien que les désagréments que je vis présentement. Tel est mon lot, car je suis malade. Les experts l'ont dit. Un des psychiatres a même poussé très loin en déclarant que je servais d'exemple pour tous les parents du Québec qui soupçonneraient qu'une bête noire s'emparerait de leur adolescent. Hé là, docteur Je-sais-tout! Il n'y a aucun monstre dans ma tête. Il n'y a que moi. Et je suis perdue.

Je porte un prénom de tragédie grecque. Lorsque ma mère était étudiante, certains élèves avaient monté la pièce *Œdipe roi*. L'histoire avait grandement impressionné maman, qui caressa dès lors le rêve de donner un jour naissance à une fille pour l'appeler Jocaste. Voilà pourquoi je me nomme ainsi. Ce nom est destiné à la fatalité.

Maintenant que le procès est terminé, que je suis bien installée dans ma petite chambre beige, que mes vêtements sont rangés dans la minuscule garde-robe et les deux tiroirs sous le lit, que je me sens un peu en sécurité, je retrouve la parole. Je voudrais crier. J'en suis incapable. J'écrirai. Pas pour devenir écrivaine. Simplement pour raconter l'horrible réalité qui a détruit ma vie et celle des membres de ma famille. Je ne peux pas garder cette histoire en dedans de moi. C'est un poison qui me rongera. Au fil du temps, je ne saurai plus parler, je me perdrai davantage que je ne le suis en ce moment. Je serai poussée au suicide. Je ne peux pas expliquer pourquoi, mais je veux désespérément vivre. Même avec les fantômes nés de ma culpabilité, qui me collent à la mémoire, je veux continuer. Qui sait, peut-être m'accordera-t-on une seconde chance, un jour? Quoique je crains de ne jamais mériter un tel traitement. Après tout, je n'ai laissé de chance à personne, moi.

Au loin, le gris domine. Un gris sale, comme si la nature avait été avalée par une gigantesque coulée de boue visqueuse. Les seules taches lumineuses, sur l'horizon, proviennent des feuilles d'arbres. Octobre les illumine d'une chaleur, puisée à même l'été, pour réconforter encore un peu les cœurs avant l'hiver. Les gouttes d'eau frappent ma fenêtre en un rythme doux, appelant les songes. Je me laisserais divaguer, voyager très loin dans mon esprit, en dehors de mon corps.

En thérapie, on m'a conseillé de me livrer à une activité créative. Je dessine mal, je n'aime pas l'artisanat et je chante faux. J'ai opté pour l'écriture. On m'a donné un crayon de plomb, une gomme à effacer, un minuscule taille-crayon de plastique et un cahier *Canada* jaune. J'ai regardé le tout en soupirant : seulement un cahier et un crayon ne me suffiront pas! L'idée de me libérer de mon histoire germait déjà dans ma tête. Devant ma déception, la préposée qui s'occupait de moi m'a souri en m'assurant que je pourrais obtenir autant de matériel qu'il m'en faudrait pour être heureuse, mais un article à la fois.

Je ne sais pas par quoi commencer. Peut-être par mon enfance. Elle n'est pas si loin et pourtant, je ne la sens ni dans ma peau ni dans ma bouche. Elle me fuit. Je dois la rattraper, pour le salut de mon âme. Pourquoi ne pas débuter par la rencontre entre mes parents? Ce préambule m'aidera sûrement à retrouver les images de ma vie, à l'époque où elle était encore normale, quelque part dans les années quatre-vingt. Je devrai parler d'eux au passé, puisqu'ils y appartiennent. De toute manière, mon existence ne peut que s'écrire au passé : aucun avenir, un présent gelé et un passé trouble. Je suis un néant humain.

L'inspiration de mes grands-parents Levasseur devait s'être tarie. Mon père, le dernier-né de leurs quatorze enfants, hérita du prénom de Thomassin. Dans le milieu ouvrier, avec autant de bouches à nourrir, les études n'étaient pas encouragées. Mes oncles abandonnèrent l'école à seize ans. Mes tantes se marièrent très jeunes. Papa, ne souhaitant pas confirmer la règle en étant l'exception, marcha dans les traces laissées par ses aînés. Le clan Levasseur, incluant les frères et sœurs de mon grand-père, était tissé serré et les membres habitaient tous sur des rues avoisinantes, dans la métropole. Thomassin rêvait de liberté, d'aventure et surtout d'indépendance. Cette famille trop solide l'envahissait. À dix-huit ans, en 1972, il s'exila à Québec. Malgré qu'il ne lût pas très bien, il dénicha un poste de chauffeur d'autobus à la Commission de transport de la Communauté urbaine de Québec. En tant que dernier employé embauché, il devait souvent conduire le soir et la fin de semaine. Malgré cela, cet emploi le comblait.

Il louait une chambre dans le quartier Limoilou, dans le logement d'un couple à la retraite. Le monsieur, du moins, puisque la dame continuait de récurer, cuisiner, rapiécer et calculer. Les femmes au foyer ne prenaient jamais de retraite, jadis. Lorsque les enfants avaient quitté la maison, elles découvraient qu'il en demeurerait toujours un : leur mari. Bref, mon père logeait chez des personnes du troisième âge très sympathiques, à ce qu'il paraît. Je ne peux rien affirmer en ce sens, ne les ayant pas connus moi-même.

Ma mère, Candide, avait reçu son prénom en hommage à sa grand-mère paternelle. Seule fille, elle était la cadette de deux frères beaucoup plus âgés. Grand-maman avait perdu trois bébés avant que maman naisse.

La famille Joly habitait un logement au rez-de-chaussée d'un duplex, voisin de celui où Thomassin résidait. Ils s'y étaient installés vingt ans plus tôt. Mon grand-père avait dû vendre la maison de banlieue qu'il possédait quand il avait dû fermer son garage. Un mauvais tour du hasard l'avait rendu malade et il n'avait jamais pu trouver un travail aussi payant. Mes oncles se marièrent jeunes. Ma mère, se retrouvant seule enfant au foyer, reçut beaucoup plus d'attention. Elle détestait l'école, ne réussissant qu'au prix des efforts acharnés qu'exigeait ma grand-mère. Pendant que ses copines jouaient à la poupée, elle étudiait. Pendant que ses amies buvaient une boisson gazeuse en riant des garçons, elle étudiait. Pendant que l'adolescence fuyait, elle étudiait. Le résultat décevait pourtant toujours. Grand-maman rêvait que sa fille devienne une femme indépendante, aux commandes d'une carrière florissante. Mais Candide caressait des ambitions plus traditionnelles.

Il y avait déjà quelques mois que Thomassin travaillait et économisait. Dans son esprit, un homme de vingt-trois ans devait disposer d'argent pour le grand jour où il se marierait enfin. Incorrigible romantique, il souhaitait se marier depuis le primaire. Il voulait une famille à lui, libre du clan Levasseur, mais unie en elle-même. Son éducation catholique l'avait inspiré. Quand il avait traîné ses pénates à Québec, il avait la ferme intention de se trouver une douce moitié bientôt. Ce bientôt arriva en juin 1972.

Cet après-midi-là, Candide revint de l'école démoralisée. Sans aucun espoir de réussir son année scolaire, elle déclara à sa mère qu'elle abandonnait. À dix-sept ans, elle jugeait qu'elle pourrait occuper un emploi au lieu de perdre son temps à étudier. Une dispute éclata et Candide sortit sur la galerie de devant en claquant la porte derrière elle au moment même où Thomassin revenait du boulot en sifflant un air des Beatles. Le son sec qui retentit attira son attention. Il s'arrêta net pour admirer cette jeune femme aux joues colorées par la colère. Menue, elle avait les cheveux bruns, presque noirs, qui lui tombaient au centre du dos, bouclés en spirales désordonnées. Elle posa ses yeux sur lui, sursauta. Il leva sa casquette d'un air frondeur, tout en lui servant son sourire le plus charmeur, celui qui creusait une fossette à gauche, près de sa moustache blonde.

— Bonjour, bonjour! dit Thomassin. Je vous connais pas, vous! Pourtant, on est voisins. Moi, c'est Thomassin, mais vous pouvez m'appeler Tom. Je loue une chambre à côté.

— Bonjour, répondit Candide en baissant les yeux. Je sais que vous êtes le chambreur d'à côté. Ma mère et la voisine sont amies.

Ce furent leurs premières paroles, selon ce que maman m'a raconté. À partir de ce moment, mon père visitait Candide tous les jours. Parfois, ils allaient marcher dans les rues du quartier, s'arrêtant pour boire un *Pepsi* et manger des frites. D'autres soirs, ils jouaient aux cartes avec mes grands-parents.

Candide se trouva un emploi de serveuse dans un petit restaurant de la 1re Avenue, à dix minutes à pied de chez elle. Sentant que Thomassin la demanderait bientôt en mariage, elle se servait de son salaire pour concocter son trousseau : nappes, draps, couvertures, chaudrons, vaisselle, ustensiles, tapis et serviettes s'accumulèrent dans sa chambre aux murs blancs.

Thomassin avait reçu une éducation très catholique, à la mode des années 1950. Ses valeurs surent charmer mes grands-parents et, lorsqu'il demanda la main de Candide à Noël, mon grand-père rougit.

— Mon garçon, dit grand-papa, t'es un bon homme. Je trouve que ma petite fille est jeune un peu pour partir, mais c'est son bonheur que je veux. Tu vas bien prendre soin d'elle, j'en doute pas pantoute. Prends-la, mais fais-y bien attention!

La célébration eut lieu en juillet 1972, à l'église Saint-Roch. Le clan Levasseur au grand complet se réunit à Québec. Pour loger tout ce beau monde, il fallut en installer certains chez mes grands-parents et d'autres, dans le nouvel appartement de cinq pièces et demi loué par mon père. La fête fut une réussite. Quand ma mère me racontait son mariage, ses yeux brillaient et quelques larmes s'en écoulaient à tout coup. Après la cérémonie, les invités se déplacèrent à la salle des Chevaliers de Colomb de Limoilou. Lors du souper, Thomassin annonça qu'il réservait une surprise à sa nouvelle épouse : un voyage de noces de trois jours en Gaspésie. Ils quittèrent Québec tôt le lendemain matin pour Gaspé, où ils implantèrent mon frère aîné dans la terre utérine de Candide. Ils revinrent s'installer dans leur logement, astiqué de fond en comble par mes grands-mères et peinturé en blanc par mes oncles Levasseur.

La résidence se situait au rez-de-chaussée d'une maison à deux étages distincts et bénéficiait de deux galeries. Celle de derrière donnait sur une cour presque entièrement faite de pierre concassée, entourée de trois plates bandes et s'ouvrant sur une ruelle paisible. Sur cette rue se trouvaient des duplex et des triplex dont les escaliers de fer forgé menaient aux trottoirs craqués et bordés d'arbres. Candide affectionnait particulièrement ces végétaux. Elle a toujours dit qu'elle ne supporterait pas de vivre en banlieue, qu'elle jugeait trop ennuyante, mais n'aimait pas non plus la ville, trop grise.

Bien que les cadeaux eurent allégé le fardeau financier des jeunes mariés, Candide continua d'occuper son emploi de serveuse. En ne travaillant qu'entre onze et quatorze heures, il lui restait amplement de temps pour prendre soin du foyer et de son mari. Elle avait convaincu mon père qu'un revenu supplémentaire leur permettrait d'économiser pour acheter une maison. À ses yeux, être propriétaire signifiait la réussite sociale.

Quelques semaines après son retour de Gaspésie, ma mère fut très inquiète de ne pas recevoir la visite, pourtant si régulière, de la féminité. Elle obtint un rendez-vous avec son médecin, qui lui confirma la bonne nouvelle. Elle se résigna à quitter son emploi. Déçue de mettre son rêve de côté, elle se laissa emporter par l'euphorie de la grossesse. Elle installa une chaise berçante de bois verni sur la galerie d'en avant. À l'ombre des grands arbres dont les racines cassent le trottoir, elle pourrait tricoter des pattes de bébé, des couvertures de laine douce, des petites mitaines et des bonnets.

Au début du mois d'août, elle fit la connaissance de madame Dumont, la voisine. (En fait, la dame ne s'appelait pas réellement Dumont, mais il est de mon devoir de protéger son droit à l'anonymat. Et si jamais on la reconnaît parce qu'on me connaît moi, eh bien, tant pis! J'aurai au moins sauvegardé son identité pour le reste du monde!) Quand j'étais petite, j'aimais que maman me raconte cette rencontre.

Il faisait très chaud cet après-midi-là. Madame Dumont, dans une robe noire qui ne cachait pas bien ses généreuses courbes, avançait à pas nonchalants, traînant ses pieds sur le béton, en soupirant. Candide lui sourit alors qu'elle passait devant la galerie. Et, fait étrange, madame Dumont grimpa les trois marches menant à côté de ma mère comme si c'eût été sa destination.

— Bonjour, madame… ? dit Candide.

— Madame Dumont. Ça fait un bout de temps que je me dis qu'il faut que je vienne vous voir, madame… ?

— Appelez-moi Candide, comme tout le monde. Je m'habitue pas à me faire appeler madame. Voulez-vous un bon Pepsi?

— C'est pas de refus! Je reviens du cimetière, pour mettre des fleurs sur la tombe de mon mari. Il est mort la veille de votre arrivée.

Madame Dumont devait élever et nourrir quatre enfants. La maladie de feu son époux avait englouti toutes les économies familiales. Elle devait travailler, puisque l'assurance vie avait à peine couvert les frais de l'enterrement. Maman, qui vit là l'occasion de gagner de l'argent en demeurant à la maison, proposa ses services comme gardienne. La voisine, touchée, accepta d'emblée. C'est ainsi que madame Dumont et ses rejetons firent leur entrée dans la vie de ma mère.

Je m'écarte du sujet : l'histoire de la naissance de ma famille. La cigogne (non, je ne crois pas à la cigogne, mais l'image est tellement belle) rendit sa première visite en avril 1973, laissant Déric sur le pas de la porte. Par la suite, les bébés dégringolèrent comme des billes dans un escalier : Fabien vit le jour en 1975, Rénald, en 1977 et moi, en 1978. Ma mère me raconta, une fois, qu'elle mit fin à la famille, comme on disait autrefois, après moi parce qu'elle avait enfin une fille. Moi, j'aurais aimé avoir une sœur. J'en demandais une à chaque Noël, jusqu'à l'âge de six ans. Je compris finalement qu'être la seule fille comportait des avantages non négligeables. Par exemple, je ne devais jamais porter les vêtements de mes aînés ni partager mes jouets.

Grâce au revenu généré par le gardiennage, papa acheta le duplex dans lequel était situé notre appartement. Le deuxième étage, un logement de quatre pièces et demie avec balcons à l'arrière et devant, fut loué à mes grands-parents maternels. Ma mère se réjouissait que ma grand-mère habite juste au-dessus. Leur relation avait toujours été tricotée serrée : elles magasinaient ensemble, fréquentaient l'église ensemble, prenaient le thé ensemble, jouaient les veuves du hockey ensemble. J'aurais aimé qu'un lien aussi solide m'unisse à ma mère.

La noirceur éclipse peu à peu la grisaille. Je dois allumer la lampe jaunie sur mon bureau. Son éclairage pathétique me donne mal aux yeux. La pluie bat maintenant très fort sur la vitre. Un vent furieux s'est levé. Peut-être balayera-t-il mes remords, pour cette nuit. Je crois que même un ouragan n'arriverait pas à dissiper les nuages de ma conscience. Ils font partie de moi, dorénavant, telles des cellules cancéreuses qui résisteraient à la chimiothérapie. Les lettres sont floues sur le papier ligné, mes bras deviennent lourds. Je vais m'étendre sous mes couvertures pour tenter d'oublier un peu, juste un peu, à quel point je suis inutile.

- 3 -

Ce matin, j'ai à peine pris le temps d'avaler la dernière bouchée de ma rôtie à la confiture de fraises. J'ai regagné mes murs beiges et mon lit de métal sans même avoir bu mon jus d'orange. Trop de bruit dans la salle à manger. Trop de résidents. La majorité d'entre eux me donnent des frissons dans le cou. Certains ont l'air sympathiques. Par exemple : la dame qui m'a offert du sucre à la crème confectionné par sa sœur, la semaine passée. Sa voix douce me rappelle la brise d'été dans les arbres du parc Cartier-Brébeuf. Je discute parfois avec elle. J'ignore son nom.

Une fois la porte de ma chambre fermée, je me suis laissé dériver, les bras derrière la tête, couchée sur le dos, en fixant le plafond de tuiles blanches. Le soleil, qui envahissait la pièce, tel un chevalier sur un cheval ailé, n'a pas pu empêcher les souvenirs douloureux de remonter à la surface. Ce sont des naufragés en quête d'un peu d'air frais, d'une bouée. Ma mémoire est un océan glacé, rempli de morceaux de vie en péril.

Après cette séance de relaxation, je me suis levée et me suis assise à mon bureau pour écrire. Le soleil a disparu. Il pleut encore, maintenant. Le ciel est si foncé qu'on croirait qu'il va avaler la Terre. Le vent colérique projette les gouttes de pluie sur ma vitre. Il semble me viser personnellement. Ma grand-mère aurait dit que ce n'est pas un temps à laisser un chien dehors. Moi, je dis que c'est un temps à ne pas laisser une âme tourmentée seule.

Ma mère m'a raconté des centaines de fois l'époque de ma petite enfance. À trois mois, je faisais mes nuits. À un an, j'esquissais mes premiers pas. À dix mois, je disais « maman ». À dix-huit mois, je balbutiais « papa ». Mon grand-père maternel me fichait la trouille. Il rasa sa barbe grisonnante alors que j'avais deux ans. Ma peur disparut. J'idolâtrais mon frère Déric : je le suivais constamment dans la maison. J'éclatais en sanglots dès qu'on m'interdisait de trottiner derrière lui.

Lorsque les parents de ma mère emménagèrent dans le logement du dessus, j'étais âgée de trois ans. Ma grand-mère m'amenait partout : au parc, au magasin, même à l'église. Très pieuse, elle s'y arrêtait souvent, en chemin, pour prier en plus d'assister à la messe dominicale toutes les semaines. Elle se découragea, après trois ou quatre tentatives, de m'y entraîner puisque je courais sans cesse et refusais de demeurer assise. Je ne me souviens pas de cette époque. Pourtant, l'odeur d'encens fatigué, de cire, de poussière me revient au nez à la seule mention d'un lieu de culte. Quelque part, dans un coin de mon cerveau, une fiole portant l'étiquette « endroit à éviter » représente la maison du Seigneur. Dieu devait être déjà mort dans mon cœur, malgré mon âge.

À cinq ans, j'entrai à l'école primaire. Je me sentais prête. Ma mère ne l'était pas. Elle se plaignait que le foyer semblait vide maintenant que tous ses enfants fréquentaient l'école. Elle alla jusqu'à en demander à mon père d'agrandir la famille. Le destin en décida autrement. Maman dut s'adapter à cette nouvelle réalité. Ce qui se produisit tout de même en douceur, car je n'allais en classe que la moitié de la journée. Il me fallut deux mois avant de réagir à ma nouvelle vie. La nuit, je rêvais que la maîtresse remplaçait ma mère, à la maison. Dans mes cauchemars, l'enseignante m'insultait, me battait, me maltraitait. Je n'en touchai pas un mot à mes parents, de peur de leur causer de la peine. Je me souviens avoir commencé à détester l'école à ce moment.

Je passais encore beaucoup de temps à la maison. À force de m'ennuyer, j'invitai deux amies imaginaires à entrer dans mon quotidien. Des copies de moi-même : les cheveux aussi bruns, aussi longs, nattés en deux tresses épaisses tombant aux fesses, la même taille, les mêmes taches de rousseur, les mêmes yeux bruns, le même teint clair. Seul leur prénom différait du mien : une s'appelait Julie, l'autre Manon. Pour les différencier, je ne les invoquais jamais ensemble. Personne ne s'en inquiéta. Mon grand-père allait jusqu'à dire qu'il y voyait un signe d'intelligence, ce qui vexait profondément mes frères qui n'étaient dotés d'aucune créativité.

Ils se contentaient de jouer au hockey dans la rue, été comme hiver, avec leurs amis. D'ailleurs, ce sport tenait une place si importante dans leur vie qu'il revenait dans toutes leurs conversations. Ils collectionnaient les cartes, les bâtons et les rondelles, au grand bonheur de mon père. La Soirée du hockey, à la télévision de Radio-Canada, était une tradition sacrée pour les mâles de la famille. Mon grand-père descendait rejoindre mon père et mes frères. Ils se regroupaient devant le téléviseur avec deux gros bols de croustilles à la saveur de BBQ, le tout accompagné de Pepsi glacé. Ma mère montait rejoindre grand-maman. Elles tricotaient ou jouaient aux cartes avec des voisines. Le choix de ma soirée m'appartenait.

Soit le sport, soit les commérages de quartier. Je préférais de loin l'action et les gâteries. Je m'assoyais donc dans un coin du salon, avec ma part du butin, pour regarder évoluer le Canadien, sans trop broncher. Par contre, lorsque le match diffusé opposait l'équipe montréalaise aux Nordiques, les garçons n'avaient plus rien à m'envier en frais de tapage.

Mon premier souvenir, visible dans ma tête, consiste en un événement survenu lors d'un après-midi de la semaine de relâche du mois de mars. J'avais sept ans. Je jouais sagement avec une de mes amies imaginaires, sur l'énorme amas de neige devant la maison. Mes frères avaient disparu sur une autre rue. Julie et moi avions accosté, dans un canot de secours, sur une île déserte, après le naufrage du bateau de croisière où nous voyagions en première classe. Nous débarquions à peine sur une plage, quand j'aperçus un homme tourner le coin. Il venait dans ma direction. Il s'agissait d'un géant aux cheveux très blonds, arborant une moustache semblable à celle de mon père. Il portait un manteau de cuir brun et des lunettes fumées miroitantes. Il s'arrêta devant moi, regarda un bout de papier, puis la maison. Il me sourit.

— Comment tu t'appelles, ma belle puce? demanda-t-il d'une voix mielleuse.

— Jocaste, puis vous?

— Marcel. Ta mère est-tu dans la maison?

— Ben oui. Vous voulez-tu la voir?

— Oui, j'aimerais ça.

— Attendez, là, je vais la chercher, répondis-je la tête haute.

Je me laissai glisser en bas du talus de neige, grimpai les trois marches à la volée, pour entrer en trombe dans la maison. Une bouffée de chaleur m'accueillit. Je criai à ma mère qu'un géant voulait la voir. Habituée à mes fabulations, elle s'avança dans le couloir. Elle portait un tablier rose, sur une robe bleue, dans laquelle elle essuyait ses mains en marchant. Je ne l'attendis pas et me précipitai à l'extérieur. Je m'arrêtai sur la galerie, où l'homme était monté, pour ne rien manquer de la scène qui se déroulerait. Ma mère figea sur le pas de la porte, échappa un cri aigu. Elle ouvrit les bras.

— Ah, bien! Marcel! De la grande visite! Qu'est c'est que tu fais là, mon snoreau? T'aurais dû appeler, Tom serait allé te chercher. Viens, rentre.

Le Marcel suivit ma mère dans la maison. Ils me laissèrent toute seule sur la galerie, frustrée de ne pas en savoir davantage. Qui était cet homme? Pourquoi maman l'avait-elle accueilli si chaleureusement? Surtout, pourquoi avait-elle dit « grande visite »? De la visite, on l'attendait toujours. Ça nous obligeait à nettoyer notre chambre de fond en comble, même sous le lit. Ça exigeait que l'on sorte la porcelaine et l'argenterie. Mais, de la grande visite était encore pire! Ça nécessitait que les planchers soient frais vernis, les vitres bien lavées, les coussins battus et les tapis aérés. Pourtant, l'agitation d'avant-visite, sous le commandement de ma mère, n'avait pas eu lieu cette fois.

Le mystère me troublait. Je me transformai en super espionne internationale, comme j'avais vu à la télévision. J'abandonnai Julie sur son île déserte pour me diriger vers la fenêtre de droite, qui donnait sur le salon.

Je crus que, si Marcel était réellement de la grande visite, ma mère l'installerait sur le sofa avec un café et des biscuits maison dans un petit plateau argenté avec un napperon de papier dentelé blanc. Quelle surprise de trouver une pièce vide! Quel genre de grande visite acceptait de se voir reléguer à la chaise droite, autour de la table, dans la cuisine immaculée, comme n'importe quelle voisine?

Si cet homme était un méchant Russe en mission spéciale? Il serait venu pour kidnapper Thomassin, l'amener de force en Russie, l'enfermer et le nourrir de pain sec et d'eau sale, pour obtenir des informations top secrètes. Ce Marcel avait fort bien pu se lier d'amitié avec ma mère. Sûrement qu'ils s'étaient rencontrés à l'épicerie. J'en étais sûre : le Marcel avait charmé maman pour approcher mon père plus facilement. Le danger guettait mes parents!

De mes petites jambes, qui étaient en fait vraiment très longues comparé à celles des enfants de mon âge, je courus au trottoir, tournai à gauche jusqu'au panneau d'arrêt, empruntai la rue perpendiculaire. Il m'était interdit de m'aventurer par là, mais la situation était critique. Derrière l'immeuble érigé sur ce coin se trouvait la ruelle qui menait à notre cour. Je me lançai, en prenant soin de bien observer autour de moi. Il me fallait éviter d'être repérée par les éventuels complices de Marcel. Personne. J'avançai en sentant mon petit cœur tenir le rythme de ma fébrilité. Sur le stationnement de mon grand-père, Matou, le gros chat jaune de Madame Dumont, montait la garde sur la montagne de neige grisâtre. Il me regardait. Je l'entendais presque me dire qu'il ne ferait qu'une seule bouchée de moi. Je sus alors qu'un espion russe se cachait sous la fourrure du félin. Je baissai les yeux pour scruter le sol, à la recherche d'une arme. Je trouvai un petit bout de bois. Je levai le regard sur lui, pliai les genoux, ramassai l'objet lentement. Le chat ne broncha pas d'une moustache. Puis, sans qu'il ait pu esquisser le moindre battement de queue, je lui lançai mon projectile à la figure. Un miaulement aigu retentit alors que Matou déguerpissait lâchement, abandonnant son complice à ma merci.

Je me jetai dès lors par terre et rampai jusqu'à la galerie. Je gravis les marches à quatre pattes. Je m'arrêtai sous la fenêtre de la cuisine. J'attendis un instant, de peur d'avoir fait du bruit, d'être aperçue. Rien ne bougeait. Je me relevai pour risquer un œil à l'intérieur. Exactement ce que je pensais : ma mère avait concocté du café. Elle discutait avec Marcel. Une boîte de biscuits *Petit Beurre* était ouverte sur la table. Candide partit soudain à rire. Je pouvais entendre le son cristallin, que mon père adorait, à travers la fenêtre mal isolée. Je sentis un picotement dans mon nez. Non! Il ne fallait pas… Je ne pus retenir l'éternuement qui me trahit. Ma mère se retourna et se précipita à l'extérieur.

— Jo, ma puce, qu'est c'est que tu fais là? Rentre, tu vas attraper froid. Ça fait un bout que t'es dehors.

J'éclatai. Un torrent salé s'écoulait de mes yeux, assaillait mes joues. Maman dut me soulever pour m'amener à l'intérieur. Elle me posa sur le tapis de laine crocheté, ferma la porte, s'accroupit. Elle me retira mon foulard, qui entourait ma tête, mon front, ma bouche et mon cou. Ni la chaleur de la maison ni l'odeur du café n'arrivaient à me réconforter.

— Déshabille-toi, ma puce. Maman va te faire un beau chocolat chaud. Va te moucher, puis va mettre des bas propres, ceux-là sont tout mouillés.

J'obéis, déconfite. J'avais failli à ma mission. Je ne pourrais pas sauver mes parents. International ne m'engagerait plus jamais. Ils ne comptaient que la crème des espions dans leurs rangs. Moi, j'étais une piètre candidate. Je traînais les pieds vers ma chambre aux murs blancs et me laissai tomber sur la douillette rose pâle de mon lit. Je pleurai encore quelques minutes. Puis, me sentant idiote, je m'assis, me mouchai, retirai ensuite mes chaussettes souillées pour les remplacer par d'autres, bien sèches. Je me rendis à la table sur laquelle m'attendait une tasse fumante. Je pris place rapidement. Intimidée par Marcel, qui souriait, je regardais par-dessous, sans trop bouger. De petites rides creusaient le tour de ses yeux. La blancheur de ses dents me sidérait. Je relevai la tête juste assez pour boire une gorgée de chocolat.

— Jocaste, je pense pas que tu te rappelles ton oncle Marcel. C'est le frère de papa, dit ma mère en se rassoyant.

Le liquide chaud glissa dans le mauvais trou. On m'aurait frappée de plein fouet que je n'aurais pas été aussi surprise. Je dus tousser pour éviter de m'étouffer complètement.

— Mon oncle? balbutiai-je péniblement en reprenant mon souffle.

Le frère de mon père. Il n'était donc pas Russe. Par conséquent, pas méchant non plus. Il ne voulait pas de mal à ma famille.

— Pourquoi tu pleurais de même, tantôt? demanda mon oncle d'un air très sérieux.

J'ignore ce qui m'a poussée à tout révéler. Je débitai tout : ma mission, Matou que j'avais attaqué, ma déception en éternuant. Ma mère soupira. Je vis se creuser, sur son front, cette petite trace que provoquait l'inquiétude. Marcel éclata d'un rire sonore. Il se leva et me souleva de ma chaise. Il me serra dans ses bras en murmurant qu'on allait bien s'entendre, puisqu'il affectionnait les espions lui aussi. Son étreinte me calma. Il me reposa. Il se rassit en m'expliquant qu'Internationnal, en société très réputée, se devait de tester tous les candidats susceptibles de devenir leurs employés. Ils leur donnaient une mission impossible à réussir pour éprouver leur force. Je ne devais donc pas me préoccuper de mon échec. Il ajouta qu'il leur rédigerait un rapport favorable sur mon cas.

— Tu vas au moins souper avec nous autres, Marcel? questionna ma mère en se levant et remettant son tablier rose, signe qu'elle allait cuisiner.

— Bien sûr. À condition que Tom vienne me porter au train après, parce qu'il faut que rentre à Montréal à soir.

— Non, mon oncle. Faut pas que tu t'en ailles.

— J'ai pas le choix, mon chou. J'ai même pas de bagage. J'étais venu pour ma job. Demain, je travaille à Montréal. Tu comprends?

Je comprenais. Du moins, un peu. Car, je savais qu'un travail, c'était important. Plus important que tout le reste. Plus important que les enfants. Nous passâmes l'après-midi à la table, pendant que ma mère cuisinait. Mon oncle me raconta des aventures abracadabrantes, toutes véridiques, dans lesquelles il tenait tantôt le rôle d'un pirate, tantôt celui d'un espion. Déric, Fabien et Rénald rentrèrent avec la noirceur. Ils s'installèrent avec nous. La cuisine se remplit de l'odeur d'un rôti de bœuf et d'oignons au beurre. Mon père fut surpris, en passant la porte, de trouver Marcel à la table. Le souper se déroula joyeusement, entre la narration des souvenirs d'enfance des Levasseur et les remarques de mes frères. Même Noël n'était pas aussi magique. Il faut dire que mon oncle ne restait pas en place. Il voyageait régulièrement et manquait toutes les réunions familiales. Comme papa, il n'appréciait pas le clan trop serré. Il l'évitait autant que nous. D'ailleurs, je ne le revis jamais, par la suite.

Je suppliai mon père de m'amener à la gare avec lui. Mon oncle plaida ma cause. Je pus lui dire au revoir avant qu'il ne monte à bord.

— T'es une drôle de petite fille, ma belle. Je me suis bien amusé avec toi. Faudra pas que tu m'oublies, hein! me dit-il en faisant un clin d'œil.

— C'est promis.

— Salut, Marcel. Dis à maman que je vais sûrement aller à Montréal cet été, pendant mes vacances. Embrasse tout le monde de ma part.

— C'est correct, Tom. Bye, bye!

Il partit, sans se retourner. Mon père me prit la main et nous regagnâmes l'auto en silence. Pendant le trajet jusqu'à la maison, je rêvai à toutes les histoires que mon oncle avait racontées.

Quelques jours plus tard, le facteur apporta un colis pour moi. Excitée de recevoir un cadeau par la poste, je déchirai le papier brun qui l'emballait. La boîte était trop petite pour ce qu'elle contenait. En l'ouvrant, un ourson en peluche rose aux oreilles orange explosa dans les airs. Dans le fond du paquet se trouvait une carte, que ma mère me lut : « *Merci pour le bel après-midi. Je t'aime fort. Marcel* ».

Je ressens un grand vide en écrivant ce souvenir. Je me demande où est mon oncle en ce moment. Qu'est-ce qu'il fait? Est-il marié? A-t-il des enfants? Tout ce que je sais, c'est que, deux ou trois mois après cette visite, il est déménagé en Angleterre. Y vit-il encore? Je l'ignore. Je possède toujours cet ourson rose. Quoique je sois une adulte, je ne dors jamais sans lui. Il est imprégné par le bonheur de cet après-midi, par l'odeur de l'eau de toilette Azzaro que mon oncle portait, par la chaleur de ses bras, par son rire.

En ce moment, j'aimerais mourir. Si quelqu'un pouvait me certifier qu'après la mort, l'humain n'est plus rien, je crois que je me suiciderais. Mais, j'ai peur. Et si la vie éternelle existait? Je ne veux pas vivre éternellement, la conscience dérangée. D'un autre côté, comment puis-je réparer les torts que j'ai causés si je demeure enfermée? Quand je sortirai d'ici, je promets de m'impliquer socialement. Du moins, si je sors un jour.

- 4 -

En regardant par ma fenêtre, aujourd'hui, je suis remplie de joie. Le soleil brille d'un tel éclat, en cette fin d'après-midi, que tout me semble en or massif. Je suis sortie, tout à l'heure, pour marcher dans la cour. Sous surveillance. J'ai quand même aimé le contact du vent froid sur mes joues. Je me sens rassérénée. J'aime l'automne, malgré les souvenirs qui y sont rattachés. Si je prends la plume en ce moment, c'est que le courage, insufflé par le grand air, vibre dans mon corps.

Novembre 1986. J'avais huit ans. J'étais devenue une enfant timide, anxieuse, secrète et solitaire. Aux récréations, je demeurais seule dans un coin, avec ma collation. J'inventais des histoires pour passer le temps. Les élèves médisaient de moi dans mon dos, parfois même en face. Ils me trouvaient étrange, me traitaient de folle, de conne, d'imbécile. Je ne m'en suis jamais plainte. Ni à mes professeurs ni à mes parents. Je ne souhaitais ennuyer personne avec mes problèmes. En fait, les représailles m'effrayaient. Si je bavassais, les autres enfants me le feraient payer très cher. Si j'en discutais avec ma mère, elle téléphonerait au directeur de l'école. Je ne voulais pas me confier à mon père non plus. Il avait déjà assez de travailler si fort, si longtemps, tous les jours. Il n'avait pas besoin de savoir que j'étais une petite fille rejetée.

Ce jour fatidique, je me trouvais dans mon coin de la cour, comme d'habitude, perdue dans une aventure épique. J'incarnais une magicienne puissante qui devait combattre une vilaine sorcière pour sauver le royaume de la destruction. Tout à coup, alors que j'allais mettre fin aux jours de mon ennemie, Déric me poussa. Sortant illico de ma rêverie, je le regardai, abasourdie. Mes frères m'évitaient habituellement, à l'école. Ils craignaient que ma réputation n'entache la leur.

— Jo, dit-il en tentant de reprendre son souffle. Jo, faut que tu viennes avec moi. Tout de suite!

— Comment ça?

— Je le sais-tu, moi? Viens. Fab puis Ré nous attendent déjà au bureau du dirlo.

— Comment ça?

— Heille! Je le sais pas. Arrête de poser des questions stupides, puis suis-moi donc!

Il tourna les talons se mettant à marcher à grandes enjambées. Je le suivis d'un pas lourd. L'inquiétude me rongeait, comme une colonie de termites gruge une grange. Qu'est-ce qui pouvait justifier que tous les enfants d'une famille soient convoqués au bureau du directeur en même temps? Seulement un malheur. Un grand malheur. Mais, quel malheur? Pourquoi? Comment? Où était passé Déric? Il avait tourné dans un corridor. Je revins sur mes pas et tentai de le rejoindre. Il marchait si vite. Mes jambes molles refusaient d'accélérer. Je voulais lui crier de m'attendre, mais mes cordes vocales se contractaient. Mes mains moites et glacées cherchaient une cachette dans les poches de mon pantalon, mais ce jour-là, je portais une jupe qui n'en comportait pas.

Je passai devant le bureau, concentrée sur mes pensées. Je me sentis tirée vers l'arrière. Déric avait prévu le coup : il m'avait attendue avant d'entrer. Il m'agrippa le bras, me poussant à l'intérieur de la pièce beige. Assis sur des chaises rembourrées, recouvertes de tissus gris, Fabien et Rénald se retournèrent à notre apparition. Monsieur le directeur, un homme grand au crâne dégarni, à la moustache poivre et sel, vêtu d'un complet brun, regardait par la fenêtre derrière le bureau de bois fatigué. Il resta immobile un instant, puis porta son attention sur nous. Sa carrure imposait le respect. Par contre, ses yeux trahissaient la douceur d'un être sensible. Dévoué à son école comme un missionnaire aux âmes à sauver, il m'inspirait habituellement le calme. Pas ce jour-là.

— Les enfants, commença-t-il en se raclant la gorge, les mains dans les poches, votre père a téléphoné. Il s'en vient vous chercher, là. Jocaste, ma petite, t'es toute blanche! Qu'est-ce que ton frère t'a raconté? Des peurs, encore?

Ses sourcils s'étaient froncés. Il s'avança vers Déric, qui recula d'un pas.

— Heille! C'est pas juste! C'est pas parce que j'ai doublé deux fois que je suis méchant.

— On sait jamais, avec toi, Déric. T'aimes ça, jouer des tours, répondit le directeur.

— Mon… monsieur, balbutiais-je. Il m'a rien dit, monsieur. Chicanez-le pas, monsieur.

Je fus soulevée de terre. Stupéfaite, je tournai la tête pour constater que les bras dans lesquels je me trouvais étaient ceux de mon père. Il dégageait une odeur de sueur, alors qu'il sentait toujours l'eau de toilette Azzaro. Tous les hommes Levasseur portaient cette fragrance comme un athlète porte une médaille d'or. Cette nouvelle émanation, que je n'avais jamais humée chez lui, déclencha une tempête dans mon cerveau. Je levai mes yeux vers les siens, cherchant du réconfort. Je ne trouvai que les traces laissées par une marée salée sur le bleu de ses iris. Autour, la peau tirée se teintait d'un voile violacé. Mon estomac se contracta. Mes poumons refusaient l'air que j'inspirais.

— Les enfants, j'ai quelque chose à vous dire, commença mon père en me caressant le dos. Il est arrivé un accident.

La chaise de Monsieur le directeur se lamenta tandis qu'il s'y assoyait.

— Qui qui a eu un accident, papa? cria Fabien.

— C'est… grand-papa a amené votre mère puis votre grand-mère en auto pour faire des commissions, puis-

— Puis quoi? demanda Déric d'une voix stridente.

— Puis, ils ont eu un accident.

Je serrai le cou de mon père de toutes mes forces. Je sentis la nausée m'envahir, mes orteils et mes doigts devinrent instantanément glacés. Un accident de voiture, était-ce grave?

— Maman est à l'hôpital, continua papa, en tentant de se dégager de mon étreinte. Elle va rester là quelques jours. Trois ou quatre, que le docteur a dit. C'est ma mère… grand-maman qui va venir de Montréal pour prendre soin de vous autres puis de la maison à la place de maman.

Si un cœur pouvait bondir dans l'œsophage, c'est exactement ce que le mien aurait fait. Je ne comprenais rien, outre que maman était prisonnière d'un hôpital et que grand-mère Levasseur viendrait la remplacer. Comme si cette vieille femme flétrie et dure pouvait prendre la place de ma mère! En fait, mon aïeule me faisait peur. Je ne la connaissais pas beaucoup : je ne la voyais qu'une fois par année. Mon opinion sur elle en était de celles qu'un enfant n'a pas le droit d'exprimer. J'aurais préféré que papa m'annonçât que la vilaine belle-mère de Cendrillon allait s'occuper de nous, plutôt que ma grand-mère.

La chaise de Monsieur le Directeur se lamenta de nouveau. Il s'était levé et donnait une poignée de main à mon père.

— Courage, monsieur Levasseur. Courage, vous aussi, les enfants.

— Merci, monsieur, répondit simplement mon père. Les enfants reviendront bientôt.

— Prenez le temps qu'il faudra.

Nous quittâmes le bureau, papa me portant toujours. Comme nous avions été appelés pendant la récréation, nous avions nos manteaux. Mon père ne songea pas à passer prendre nos sacs à dos. Il nous mena droit dans la voiture. Il s'y installa, mais ne démarra pas. Rénald me tenait la main. Fabien regarda Déric, qui regarda Rénald, qui pressa ma main. Déric, à nos yeux, était le chef de la fratrie. Il était le plus grand, le plus fort et le meilleur gardien de but du quartier. Cela impliquait certaines responsabilités. Il le savait. Il se racla la gorge, alors que mon père glissait la clé dans le contact.

— Papa?

La main de Thomassin demeura figée. Le moteur ne ronronna pas. Papa regarda Déric, puis tourna la tête à l'arrière pour nous regarder tous. La blancheur de son visage m'épouvanta.

— Papa? reprit mon frère aîné. T'as pas dit combien de temps grand-maman et grand-papa allaient rester à l'hôpital.

Rénald, qui m'a toujours protégée, qui se risquait même parfois à me parler à l'école, tremblait. Je pouvais sentir, par sa main dans la mienne, qu'il appréhendait la réponse. Je ne comprenais pas.

— Ils sont… commença mon père.

Il passa ses doigts dans son visage, frotta ses yeux. Je me rendis alors compte qu'il ne portait pas son beau manteau de chauffeur d'autobus. Sous sa chemise, j'aperçus des ronds humides. Le soupir qu'il poussa me donna la chair de poule. Je ne saisissais peut-être pas ce qu'il se tramait, je pouvais néanmoins sentir toute la détresse de cet homme d'ordinaire si solide.

— Ils sont décédés. Tous les deux.

Les garçons crièrent d'une même voix.

— Grand-papa n'a pas souffert. Grand-maman est partie dans l'ambulance-

— Elle est partie où? risquais-je.

Mes frères pleuraient. Ils comprenaient.

— Elle est décédée, Jocaste, répondit papa. Grand-papa aussi.

— Ouin, mais… mais… c'est quoi, décédé?

— C'est comme le hamster de Fabien, dit papa en se retournant et en démarrant la voiture.

Le hamster de Fabien. Petite boule de poils qui lui avait été offerte pour son anniversaire. Il l'adorait. Prénommée Bambon, la bestiole avait été apprivoisée au prix de nombreux efforts. Mon frère sortait l'animal de sa cage tous les jours. J'aimais à le regarder courir dans sa roue de métal brillant. Un matin, Fabien hurla. Il avait découvert Bambon couché sur le dos, raide comme du ciment. Mon père était venu jeter un œil et nous avait expliqué que le hamster était mort, qu'il dormait pour toujours, qu'il ne bougerait plus jamais. Mon premier contact avec la faucheuse. Ma mère organisa des funérailles pour nous permettre de mieux vivre le deuil. J'avais six ans, je ne saisissais pas bien ce qui se passait. Après avoir enterré Bambon, je sus qu'il n'existait plus.

Dans la voiture, tout devint blanc, lumineux. Tellement lumineux que mes yeux brûlaient. J'eus l'impression d'arrêter de respirer. Je ne distinguais plus rien que cette lumière. Les pleurs de mes frères s'éteignaient. Les mots prononcés par mon père n'étaient plus en français. Je ne comprenais rien. Mes jambes s'alourdirent jusqu'à ce que je ne les sente plus. Le blanc céda la place au noir, les ténèbres s'installèrent, les sons se turent.

J'ouvris les yeux. Allongée, une débarbouillette humide sur le front, j'étais bercée par les vagues d'un océan calme. Je pris une longue inspiration, expirai doucement, remarquai les murs blancs, les rideaux rose pâle à motif de cerises d'un rouge terni par le soleil. Je ne me trouvais pas sur un bateau. Soulagée, je tournai la tête pour apercevoir mon ourson en peluche. J'entendais des voix provenant de la cuisine, voisine de ma chambre.

— Thomassin, fais pas cette face-là. Ta femme va revenir dans quelques jours. Redresse-toi, tu donnes un mauvais exemple à tes gars. Puis, vous autres, les gars, comportez-vous en hommes! Vous allez vous en remettre, voyons donc!

Ces paroles me ramenèrent à la réalité. Cette voix de crécelle était celle de grand-mère Levasseur. Forte, aiguë et grinçante, elle provoquait en moi les mêmes frissons qu'une craie qui crie sur un tableau vert. Quel discours ridicule elle tenait à mes frères! Comme si des enfants pouvaient agir en adulte. Surtout devant un tel drame. Elle ne pouvait pas, ou ne voulait pas comprendre que nos grands-parents maternels nous étaient chers. Peut-être la jalousie avait-elle un rôle à jouer dans ces remarques inhumaines. Je m'assis et la chambre tangua. Je redoutais l'instant où je me retrouverais face à la mère de mon père. Je devais me lever. J'avais besoin de papa. Je mis un pied par terre, respirai, déposai le deuxième. Le plus difficile restait à faire : la position debout. Mes jambes faibles refusèrent de me porter et je retombai sur le matelas. Je n'abandonnai pas. La seconde tentative fut la bonne. À petits pas traînants, j'atteignis l'embrasure de la porte. Je jetai un œil dans la pièce voisine. Papa se berçait, sur la vieille chaise de bois que maman installait sur la galerie d'en avant, l'été. Je courus vers mon père, qui m'accueillit à bras ouverts. Je m'assis sur ses genoux. Il reprit le mouvement apaisant de la berçante.

— Tu la gâtes trop, Thomassin, déclara grand-mère.

Je l'observais évoluer dans un ballet fascinant. Grande, maigre, ridée, les cheveux gris, coupés courts, bouclés soigneusement, elle portait une robe fleurie et un tablier blanc. Malgré qu'elle cuisinait des biscuits, aucune trace ne la souillait. Elle glissait vers le réfrigérateur pour prendre les œufs, remuait légèrement les pâtes qui frémissaient sur le feu en revenant vers la table où elle continuait de mélanger la mixture sucrée. Bientôt, les odeurs de la sauce tomate qui mijotait et des pâtisseries qui doraient se répandirent, presque visibles, dans la pièce.

Grand-mère Levasseur, ménagère hors pair, me titilla sans cesse pendant les jours qui suivirent : tiens-toi droite, tais-toi, viens m'aider, passes le balai, ton lit est mal fait, les filles ne rotent pas.

— Ça n'a aucun bon sens, Jocaste Levasseur! T'es même pas capable de faire cuire des œufs. À ton âge, toutes tes tantes savaient déjà cuisiner des affaires de base. T'es élevée dans l'ouate, puis ta mère te gâte bien que trop. Tu seras jamais bonne à marier.

Lorsque ma mère revint au foyer, j'éclatai en pleurs. J'avais supporté les remarques acides de grand-maman pour ne pas rendre mon père triste. En voyant maman avec un bras plâtré, un œil entouré de noir et des points de suture au front, mon cœur déborda de joie. Elle était blessée, mais vivante et le règne de grand-mère Levasseur achevait. Cette dernière insista pour demeurer une semaine de plus.

— Ma pauvre fille, comment tu vas faire ton ordinaire avec le bras dans le plâtre? En plus que ta fille vaut rien dans la maison! Puis, tu peux pas plus compter sur les gars, c'est des gars. Non, non. Ça sert à rien de discuter, je vais rester une semaine de plus, un point c'est toute! Mon homme, il mourra pas de faim certain! Noëlline s'en occupe. Inquiète-toi pas, Candide, m'en vas prendre bien soin de toi.

Ce fut donc réglé et grand-maman resta. Je crus que la vie reprendrait son cours. Je pensais même que mes grands-parents allaient revenir. Un matin, les frères de ma mère, mes tantes et leurs enfants envahirent la maison. Tous les garçons sortirent jouer au hockey dans la rue, poussés par grand-mère Levasseur qui prétextait que prendre l'air leur ferait du bien. Je demeurai avec mes deux cousines de dix et quatorze ans. L'aînée m'expliqua que, le lendemain, ce serait l'enterrement et que nous n'aurions pas le droit d'y assister. Sa mère disait que ce n'était pas la place des enfants. Je laissai les filles seules pour courir vers le salon où se trouvait papa, qui discutait avec mes oncles.

— Oui, Jocaste? demanda mon père en me souriant.

— Bien... euh... c'est vrai que je peux pas aller à l'enterrement?

— Qui t'a dit ça?

— C'est Corrine. Moi, je veux y aller, papa-

— Chut! Jocaste, on en reparlera plus tard, quand on sera seuls. Va jouer, maintenant.

Comment jouer quand nous pataugions en plein mélodrame? Je croyais que je ne serais plus jamais heureuse, que mon avenir ne serait qu'une suite de longs jours noirs. Lorsque ma mère me mit au lit, ce soir-là, je plaidai ma cause.

— Maman, il faut que j'y aille. Tu l'as dit, quand c'était Bambon qui était mort, que c'est important de vivre notre... notre quoi, déjà?

— Notre deuil, ma puce. T'as raison, c'est important. Mais, un service funéraire, c'est long et ennuyant-

— Ça me dérange pas. Je veux voir. J'ai besoin de voir. Pour le croire. Parce que je rêve tout le temps que j'entends marcher, en haut. Que grand-maman va venir me chercher pour aller à l'épicerie puis qu'elle va m'acheter un suçon. Je comprends dans une partie de ma tête qu'ils sont morts, mais c'est comme si là, en dedans, je comprenais pas.

Ma mère essuya les larmes qui perlaient de ses grands yeux. Elle souriait, mais son sourire n'était pas joyeux. Elle prit ma main et la caressa, la porta à ses lèvres, y déposa un baiser.

— Ma belle Jo, ma petite puce. Je sais ce que tu vis. C'est dur pour un adulte de comprendre la mort. Ça fait que, pour une enfant, c'est bien pire. J'avais ton âge à peu près quand ma grand-mère préférée est morte. Mes parents m'avaient amenée au service. Ça m'avait aidée beaucoup. Je vais en parler à ton père.

— Même si ma tante a dit non?

— Ta tante a dit non à ses enfants. C'est son problème. C'est pas elle le *boss*. Dors, maintenant, tu vas avoir besoin de toutes tes forces demain. Je t'aime.

Le lendemain, un tourbillon m'emporta. D'abord, je ne réussis pas à avaler la moitié de ce que grand-mère Levasseur avait déposé dans mon assiette. Ensuite, il fallut qu'elle me coiffe. Elle excellait peut-être devant un four, mais pas avec un peigne! Je dus porter la robe achetée en prévision de Noël; je ne possédais aucun autre vêtement chic. Mes frères protestèrent de devoir s'habiller ainsi. Au final, nous arrivâmes une dizaine de minutes avant le début de la cérémonie.

Dans l'église sombre, beaucoup de femmes âgées pleuraient, des hommes s'échangeaient des poignées de main, mes oncles et mes tantes formaient une ligne droite au centre de ce tableau. Mes parents les rejoignirent, nous laissant aux bons soins de grand-mère Levasseur, qui nous mena vers un banc à l'avant. L'odeur habituelle de cire, d'encens et de poussière me tournait la tête. Je regardai autour, cherchant mes cousines et mes cousins. Leur absence m'attrista. Je les imaginais, chez eux, enfermés à double tour dans leur chambre. J'étais persuadée que mes tantes étaient de vilaines sorcières, qu'elles prenaient plaisir à maltraiter leurs enfants. Alors que l'image sinistre de Corrine à genoux, en larmes et implorant à manger, me tenaillait l'esprit, sa mère se planta devant nous. Maman se trouvait à sa gauche.

— Bien, voyons donc, Candide! C'est pas une place pour des enfants, ici, dit-elle en se pinçant les lèvres.

Le visage de ma mère devint rouge.

— Ma pauvre Denise, répondit-elle entre ses dents, si tu penses que les enfants ont pas d'émotions puis pas de deuil à vivre, c'est bien tant pis pour toi. Moi, mes enfants sont humains puis ils ont autant besoin que nous autres du réconfort de Dieu.

Je n'osais pas regarder ma tante, qui fronçait ses minces sourcils. Je me tournai vers grand-mère. Elle me sourit. Je compris qu'elle n'était pas aussi cruelle que je le croyais. Instinctivement, je me rapprochai. Elle m'entoura d'un bras protecteur.

— T'en fais pas, ma petite, murmura-t-elle, ta mère est peut-être bien douce, mais elle mordrait pour vous protéger. Puis, je dois bien admettre qu'elle a parfaitement raison. Ça peut juste vous faire du bien, une bonne messe.

Je ne fus pas de cet avis, après la cérémonie, qui fut longue et monotone. Je passai le temps en regardant les deux cercueils, devant moi. Sur chacune trônait un immense bouquet de fleurs, qui sentait trop fort. Je dus me retenir souvent de courir à l'extérieur pendant l'éternité que dura la célébration. Lorsque grand-mère me dit que nous devions nous rendre au cimetière, je sautai du banc avec joie. À la sortie, je pris le temps de respirer avant de suivre ma famille dans la voiture.

À notre arrivée, nous dûmes attendre. Je profitai de l'occasion pour me dégourdir. La beauté du site avec son étang et ses arbres dénudés m'enchanta. Mes grands-parents avaient trouvé une demeure bien agréable. Mais, quand je vis passer les porteurs avec les bières, mon cœur se voila de nouveau. Une longue file se forma derrière eux. Nous marchâmes en silence et la pluie commença à tomber. Seulement une pluie fine, presque charmante, mais très froide.

Encore une cérémonie, brève cette fois, mais qui me rendit mal à l'aise. Je regrettais d'avoir plaidé ma cause et d'assister à cette morbidité. Mais, j'y étais et je devais passer au travers de l'épreuve. Pour grand-maman. Pour grand-papa. Je fixais les boîtes de bois noires, mon esprit errant dans un monde irréel. Je ne me souviendrai jamais de ce qui se déroula.

Dans les jours qui suivirent, ma mère se portant physiquement mieux, grand-mère Levasseur rentra à Montréal. Mes oncles et tantes vinrent aider maman et papa à vider l'appartement de mes grands-parents. La première journée fut pénible, mais le lendemain fut catastrophique. J'étais à la table quand j'entendis la dispute. Peu après, les adultes descendirent lourdement, les portières d'automobiles claquèrent et ma mère, talonnée de près par mon père, entra en pleurant. Le logement était vide. La famille aussi.

Le temps des fêtes approchait. Cette querelle rendait l'épreuve insurmontable. Pour la première fois de ma courte existence, je ne ressentis aucune joie, aucune excitation. Je cessai même de croire au père Noël. Papa décida que nous resterions à Montréal pour toute la durée des vacances.

Mes parents placèrent une petite annonce pour tenter de louer le quatre pièces du haut. Trois jours avant notre départ pour la métropole, une jeune veuve vint visiter le logement et le marché fut conclu. J'entendis papa dire que la dame avait deux enfants : un garçon de douze ans et une fille de huit ans. Ma mère se déclara heureuse de la situation, puisqu'elle croyait que j'avais besoin d'une amie.

Lors de notre retour, le deuxième jour de janvier, nous remarquâmes un nombre important de boîtes de carton vides dans la cour. Maman me regarda en souriant.

— Jo, qu'est-ce que tu dirais si on allait souhaiter la bienvenue à nos nouveaux voisins?

— Je sais pas. Je suis fatiguée. Pourquoi pas demain?

La vérité était que j'avais peur d'entrer dans l'appartement. Déric m'avait certifié que nos grands-parents le hantaient. De plus, la perspective de rencontrer de nouvelles personnes m'effrayait. Timide et anxieuse, j'évitais de nouer des relations avec mes pairs. Avec des adultes, l'épreuve était quasi insurmontable. Même Madame Dumont, que je connaissais depuis toujours, me rendait nerveuse. Ma mère m'attrapa par la main et se dirigea vers l'escalier de fer qui menait au logement. Je me résignai et la suivis docilement. Elle frappa à la porte, se tourna, me sourit et attendit. Une femme très maigre vint ouvrir. Ses cheveux bruns tombaient sur ses épaules, ses joues creuses et les cernes sous ses yeux trahissaient sa fatigue. Elle portait un jean bleu et un chandail de laine rouge. En nous apercevant, ses lèvres dessinèrent un large sourire. Des odeurs de Pine Sol et de gâteau à la vanille me saisirent et mes muscles se détendirent. Si cet espace sentait si bon, il ne pouvait pas être hanté. J'imaginais les fantômes comme des êtres translucides qui laissaient un parfum de terre humide partout où ils passaient.

— Entrez, entrez, nous invita la dame. Bonjour, ma petite. Ta mère m'a parlé de toi. Je suis sûre que mon Amanda va être contente de te rencontrer. Tu sais, elle avait très peur de déménager puis de pas trouver d'amie. Tu vas-tu vouloir lui montrer le chemin de l'école?

— Oui, madame, répondis-je en me tordant les doigts.

— Bien! Suis-moi, je vais te présenter. Assoyez-vous en m'attendant, Madame Levasseur.

Madame Montblanc ne parlait pas fort, ses pieds ne faisaient aucun bruit lorsqu'elle marchait et avait les épaules un peu vers l'avant. Sa voix me rappelait un ruisseau près duquel je pique-niquais souvent avec ma grand-mère. La voisine me guida jusqu'à l'ancienne chambre de mes grands-parents. Un frisson me parcourut. J'eus peur de manquer de courage. Elle ouvrit la porte.

— Manda! dit-elle. Tiens, voilà la petite fille d'en bas. Amusez-vous bien, là.

Elle se retourna et disparut vers la cuisine. Je la suivis du regard jusqu'à ce qu'elle arrive à la hauteur de la chaise où ma mère l'attendait. La différence entre les deux femmes était frappante : la voisine ressemblait à un squelette sans éclat à côté de Candide, qui avait le teint clair, le visage rond et de jolies rondeurs maternelles. L'envie de me réfugier entre ses bras me prit, mais Amanda s'arrêta devant moi et m'étudia. J'étais fixée dans l'embrasure de la porte. Je sentais mes joues devenir chaudes. Je regardais la fillette attentivement : des cheveux coupés à la garçonne couleur de paille humide, des yeux noisette immenses et un sourire en coin qui n'illuminait pas son minois ivoire. Une robe de coton bleu foncé trop grande pour elle ne dissimulait pas sa maigreur.

— Salut, dit-elle enfin. Tu t'appelles comment?

— Jocaste. Mais, tout le monde m'appelle Jo. Tu peux m'appeler Jo, si tu veux.

— Ouan, OK. Jo, j'aime ça. Tu penses-tu qu'on va être des amies?

— Non.

Elle plaça ses poings sur ses hanches et se hissa sur la pointe des pieds. Elle mesurait une bonne tête de moins que moi. Même sur les orteils, son regard n'arrivait pas directement dans le mien. Je souris malgré moi de cette démonstration et je pensai à une phrase que ma grand-mère disait toujours : « dans les petits pots les meilleurs onguents ».

— Comment ça? Je suis pas à ton goût, peut-être?

— Bien non. T'es bien correcte. C'est juste qu'il y a jamais personne qui veut être mon ami. Ça fait que je vois pas pourquoi tu voudrais, toi.

Elle redescendit sur ses talons et laissa ses bras retomber le long de son corps.

— Mais, pourquoi personne veut être ton ami?

— Parce que… bien, je pense que c'est parce qu'ils me trouvent trop bizarre. Ils ont pas d'imagination. Moi, j'invente tout le temps des histoires dans ma tête. Puis des fois, ça me fait oublier que je suis sur Terre.

Elle me saisit la main et me tira à l'intérieur de la pièce. Elle riait.

— Super! s'exclama-t-elle en se jetant sur son lit. Moi aussi, je fais ça. Puis, personne me comprenait où je restais avant. Je pense bien qu'on va être des amies, moi!

Cette première rencontre dura tout l'après-midi. Une amitié prometteuse naquit. Je me réjouissais d'avoir enfin trouvé une amie chez qui l'imagination fertile tenait lieu d'appui à la réalité terne de l'existence. Ma mère manifesta également sa joie en embrassant bruyamment Amanda et en l'invitant à me visiter aussi souvent qu'elle le désirait.

Aujourd'hui, je sais que cette journée aura été fatale. Un sentiment de liberté, d'invincibilité m'habitait alors. Je croyais que le monde m'appartenait, que l'avenir me serait heureux, que rien ni personne ne pourrait plus m'attaquer. La blessure qui, quelques heures plus tôt, saignait encore venait de se couvrir d'une belle gale bien séchée. La mort de mes grands-parents avait creusé un gouffre profond. Depuis ma rencontre avec Amanda, je me sentais renaître. Je savais que ma douleur ne disparaîtrait pas, mais qu'elle ne serait pas toujours aussi cuisante. Je voyais l'espoir. Pourtant, cette même amitié entraînerait des conséquences désastreuses. J'allais connaître Michel, souffrir pour Amanda, vouloir mourir de culpabilité, me détruire par amour quelques années plus tard.

Le soleil est tout à fait couché, à présent. Rêve-t-il de moi? Ou à d'autres âmes cassées qui n'auraient jamais dû atterrir dans cette vie? Le ciel sans nuages me permet de voir les étoiles briller timidement, puisqu'il ne fait pas encore tout à fait nuit. Si j'étais une étoile, comment me comporterais-je? Brillerais-je de toutes mes forces pour éclairer les pauvres pécheurs, en bas? Ou plutôt, ne resterais-je pas discrète?

- 5 -

J'ai été la victime d'un machiavélique cauchemar, la nuit dernière. J'ai rêvé à l'effroyable fée des dents. Quand j'avais sept ans, mon père m'avait raconté cette histoire de fée qui échange les dents perdues contre des sous, si elles étaient placées sous l'oreiller. Dès lors, j'avais imaginé une horrible créature miniature, une femme-abeille, qui rôdait dans les ténèbres, pour dépouiller les bouches d'enfants endormis. Les mauvais rêves m'assaillaient, mes yeux cernés inquiétaient ma mère. Papa avait rapidement lié les événements et tenté de réparer son erreur. Sans résultat. La preuve, j'ai encore un frisson quand j'y pense.

Hier, lorsque j'ai cessé d'écrire dans mon cahier, j'en étais à ma rencontre avec Amanda. Notre amitié fut instantanée, comme si nos âmes s'étaient reconnues. Nous étions liées par un fil invisible, intangible, mais bien réel : notre trop précoce maturité. Madame Montblanc devant travailler pour subvenir aux besoins de ses enfants, avait confié à ma mère combien elle se sentait soulagée de savoir que sa fille pouvait compter sur moi. Elle craignait qu'Amanda ne s'épanouisse mal. Elle devait culpabiliser, la pauvre dame.

À partir de notre rencontre, nous devînmes inséparables. Sitôt après le déjeuner, Amanda descendait chez moi. Nous partions pour l'école ensemble. Aux récréations, nous nous retrouvions dans un petit coin. Je partageais ma collation avec elle. Elle n'en apportait jamais. Sa mère n'y pensait pas. Le midi, mon amie se dépêchait à avaler le lunch, laissé par madame Montblanc dans le réfrigérateur, pour redescendre me trouver. Après l'école, nous récitions nos leçons en chœur et expédions nos devoirs à la table de la cuisine, pendant que maman cuisinait. Nous passions de longues heures dans la cour arrière ou dans ma chambre, selon la température. Ma vie se transformait. Je m'épanouissais au contact d'Amanda. Pas assez pour me changer radicalement. Pour ma famille, je demeurais secrète. J'avais l'air d'une enfant heureuse.

Cet hiver-là, j'avais neuf ans. Mes grands-parents me manquaient énormément. Ma mère m'avait acheté un journal intime, dans lequel je m'adressais directement à eux. La douleur cuisante était devenue une cicatrice, un petit point blanc dans la lumière, un tatouage sur mon esprit. Un matin du mois de février, la panique m'avait saisie, sur la toilette. Je ne savais rien de ce phénomène féminin. J'eus la trouille, devant ce qui me semblait être une hémorragie fatale. Je crus à ma dernière heure. Tremblante, je hurlai au secours. Maman accourut, força la porte verrouillée de la salle de bain. Elle poussa un soupir, m'expliqua ce qui m'arrivait. Des larmes roulaient sur ses joues pâles. Je refusai d'en parler. J'écrivis à ma grand-mère une longue lettre, qui termina le journal. Je le cachai dans ma garde-robe. Je me sentis libérée d'un poids. Celui de la tristesse.

Au mois de mars 1987, quelques semaines après mon drame personnel (dont j'avais amplement discuté avec mon amie), Amanda arriva chez nous. Maman préparait les assiettes pour le dîner. Elle souhaitait que nous mangions avant que les garçons arrivent de la polyvalente. Ce furent les soeurs Dumont qui aperçurent mon amie en premier.

— Ayoye, Manda, t'es bien blême! s'écrièrent-elles en chœur.

Effectivement, mon amie était presque transparente. Ma mère s'inquiéta visiblement, car elle laissa tomber sa fourchette et se précipita sur Amanda, la main au front.

— T'es bouillante, ma belle fille! As-tu mangé?

Amanda secoua péniblement sa petite tête de paille.

— Jo!

— Oui, m'man? répondis-je en quittant la table.

— Monte en haut, va chercher une jaquette à Amanda. Pendant ce temps-là, assis-toi ma belle fille, je vais appeler ta mère à son travail.

J'enfilai mes bottes, sortis en trombe, grimpai les marches deux à deux, entrai chez les voisins, me déchaussai, filai droit dans l'ancienne chambre de mes grands-parents, que partageaient Amanda et madame Montblanc. Dans le tiroir du haut de la commode du côté gauche du lit, je trouvai les vêtements de nuit de mon amie, empoignai un immense T-shirt et entrepris de retourner à la maison. Pendant que je remettais mes bottes, Michel entra. Mon pouls s'accéléra, mes joues brûlèrent.

— Si c'est pas la belle Jocaste! Qu'est-ce tu fais ici? Elle est où, ma sœur? Aux toilettes?

— Sa… salut Michel. Ta… ta sœur est… est en bas. Elle fait de… de… de la fièvre. Ma mère m'a dit de venir… de venir chercher une jaquette.

— Comment ça, de la fièvre?

— Je… je le sais pas, moi.

— Je descends avec toi!

Michel sur les talons, j'entrai dans la cuisine juste à temps pour entendre ma mère pousser un long soupir en raccrochant le combiné du téléphone rouge, sur le mur, près du réfrigérateur. Déric et les deux garçons Dumont riaient à gorge déployée. Les deux sœurs affichaient un air indigné, plissant les yeux. Fabien mangeait. Rénald se balançait sur les pattes arrière de sa chaise. Je filai à ma chambre, toujours suivie de Michel, pour donner le vêtement à Amanda. Son frère posa sa main sur son front.

— Wow! Quand est-ce que ça a commencé, cette fièvre-là, petite? demanda-t-il.

— Sais pas, répondit-elle dans un filet de voix. J'étais biz, ce matin, mais là, c'est débile.

— Michel, on de… on de… on devrait la laisser tranquille, dis-je péniblement.

— T'as raison, Jo. Moi, je vais appeler m'man pour lui dire que je vais rester avec ma sœur après-midi. Elle est pas pour rester toute seule!

Nous sortîmes et rejoignîmes ma mère dans la cuisine bruyante. Elle mangeait distraitement, mais se leva en nous apercevant.

— Michel, mon grand, vient t'asseoir. Je vais te donner du dîner, il m'en reste puis mon mari vient pas manger, le midi.

— Ma mère-

— Je l'ai appelé pour lui dire que ta sœur est malade. Elle va revenir aussitôt que son boss va la laisser partir. En attendant, Amanda va rester ici, je vais m'en occuper.

— Vous êtes sûre? Parce que je peux rester-

— Il en est pas question! Tu vas à l'école, c'est ton avenir que tu prépares. Là, tu vas manger plein ton ventre, mon grand, puis tu vas arrêter de t'inquiéter pour ta petite sœur. Je lui ai donné de l'aspirine, pour la fièvre, puis elle va sûrement dormir tout l'après-midi.

Michel s'assit. Il se laissa servir une assiette, qu'il vida distraitement. Je ne pus toucher à ma nourriture. Trop d'émotions : Amanda malade dans mon lit, qui mourrait probablement d'ici la fin de la journée; Michel à ma table. Du haut de ses treize ans, il était un vrai adolescent et la coqueluche des fillettes du quartier. Les grandes du secondaire ne s'y intéressaient pas, elles préféraient les garçons plus vieux. Tant mieux! Cela me permettait de rêver tranquille. Je sus que ma mère remarqua mon malaise, car elle me fit un clin d'œil discret.

De retour en classe, j'éprouvai de la difficulté à me concentrer à l'école. Des scénarios horribles tourbillonnaient dans ma tête. Je voyais mon amie souffrir, crier, se tordre de douleur et mourir sur mon lit, dans ma chambre blanche, près de mon ourson rose aux oreilles orange. Elle n'avait pas le droit de mourir : elle n'avait pas le droit de me laisser affronter ce monde austère toute seule. Je n'y arriverais pas, sans elle. Après l'école, je galopai jusqu'à la maison où ma mère m'apprit que madame Montblanc était venue chercher Amanda.

— Je peux monter la voir, dans ce cas-là? demandais-je, suppliante.

— C'est mieux pas, ma chouette, répondit maman. Elle doit dormir, de toute façon. Puis, tant qu'on saura pas ce qu'elle a… elle est peut-être contagieuse.

— Bien oui, mais elle était ici, tout à l'heure. Puis, dans mon lit, en plus!

La panique me serra la gorge. Jouissant d'une santé de fer, je ne connaissais que le rhume et la varicelle, que j'avais combattue vers l'âge de six ans. Je n'avais même jamais eu la gastroentérite. En entendant le mot « contagieuse », je me vis mourir aux côtés de mon amie, dans d'atroces souffrances.

— Panique pas, Jocaste. J'ai lavé toutes tes couvertes puis ton drap. J'ai lavé ton nounours aussi. Il y a pas de danger.

Je tremblais tant que je dus m'asseoir.

— Quand est-ce qu'on va savoir ce qu'elle a, m'man?

— Je sais pas. Certaines maladies prennent du temps à apparaître, après la fièvre, dit-elle en passant son tablier rose. Tiens, aide-moi à faire des tartes au sucre, ça va te changer les esprits.

Je dus patienter quelques jours. La réponse vint enfin : la varicelle. L'ayant déjà subie, j'obtins la permission de rendre visite à Amanda tous les après-midi après l'école. Je ne passais même pas chez moi, je filais directement en haut. Je lui expliquais ce que nous avions appris dans la journée, nous faisions nos devoirs. Lorsque Michel rentrait de la polyvalente, j'avais toujours envie de me sauver. Je n'en faisais rien. Je ne voulais pas causer de peine à mon amie. Elle vénérait son frère et ne comprenait absolument pas en quoi il m'effrayait.

La varicelle passa en une dizaine de jours. Amanda insista pour que nous retournions chez moi, après la classe. Je croyais qu'elle avait honte du désordre qui régnait dans l'appartement. Ce scrupule me permettait de ne pas croiser Michel, alors je ne protestai pas. Une année entière se déroula dans le bonheur de cette amitié qui se solidifiait jour après jour, nous soudant à jamais l'une à l'autre.

Un matin, trois jours après son dixième anniversaire, Amanda fit irruption en trombe dans la cuisine. Elle portait toujours le t-shirt trop long lui servant de robe de nuit, ses cheveux en bataille accentuaient le creux de ses joues. Je posai mon verre de jus sur la table, surprise. Mon amie tenait des paroles confuses, elle tremblait. Ma mère la fit asseoir et lui pressa quelques oranges. Après dix ou quinze minutes, Amanda finit par être en mesure de s'exprimer clairement.

— Veux-tu bien me dire quelle mouche t'a piquée, ma belle Amanda? demanda maman.

— C'est juste que... que... ce matin, en me levant, j'ai remarqué que j'étais pas dans le lit. J'étais sur le divan, dans le salon.

— C'est que tu faisais là? questionnais-je en mâchant un morceau de tartine au Nutella.

— Bien, c'est ça que je savais pas. Ça fait que je me suis levée et je suis allée dans la cuisine, parce que j'entendais ma mère qui parlait à quelqu'un. Je savais bien que c'était pas avec Michel qu'elle parlait, parce qu'il se lève tout le temps tard, l'été. En arrivant dans la cuisine, j'ai restée bête! J'ai eu comme un coup de batte de baseball en pleine face! Ma mère déjeunait, un gros sourire niaiseux étampé dans face. Il y avait un monsieur, avec elle, qui mangeait des toasts au beurre de pinotte avec de la confiture aux fraises puis des bananes.

— Un monsieur! m'indignais-je. Bien, voyons donc!

— Bien oui! Ma mère a un chum, puis c'est de même qu'elle me l'apprend! J'ai même pas eu le temps d'entendre ma mère nous présenter, je suis descendue en courant. Qu'est-ce que je vais faire, moi, si ma mère a un chum? Je veux dire, elle va vouloir déménager avec, puis on se verra plus!

Cette perspective eut l'effet d'une bombe. Nous fondîmes en larmes, Amanda et moi. Ma mère nous demanda d'aller pleurer dans ma chambre pour ne pas réveiller mes frères. Le mal était fait. Déric venait d'entrer dans la pièce en se grattant la tête, suivi de Fabien qui traînait les pieds et de Rénald qui s'étirait.

— Merci pour le réveil, les pies! maugréa Déric.

— De rien, l'échalote! répondis-je en prenant Amanda par la main.

Nous nous réfugiâmes dans ma chambre avec une boîte de mouchoirs et pleurâmes toutes les larmes de nos corps. Ensuite, nous discutâmes longuement du problème, tentant de trouver des solutions efficaces. Ma mère insista pour que mon amie mange avec nous, au dîner. Puis, nous sortîmes. Il faisait beau. Le parc Cartier-Brébeuf était tout désigné pour aérer nos esprits. Nous nous étions mises d'accord pour un plan de sabotage. Le but était de briser la relation entre madame Montblanc et son nouvel amoureux. Ainsi, la famille d'Amanda ne déménagerait pas.

Lorsqu'elle rentra du travail, madame Montblanc nous trouva sur la première marche de l'escalier de fer forgé, à l'arrière du duplex. Nous étions assises sagement, dégustant des fraises que ma mère nous avait données.

— Salut, les filles, dit madame Montblanc en se plantant devant nous. Passé une belle journée? J'imagine que vous vous êtes fait du sang de cochon parce que j'ai un chum, là.

— Comment ça, tu dis ça, m'man?

— Parce que mon petit doigt me l'a dit. Inquiétez-vous donc pas pour rien, les filles. J'aime trop mon appartement pour déménager. Puis, je le sais que Manda me le pardonnerait jamais. En plus, mon chum, il est pas riche non plus. Ça fait que c'est lui qui va venir vivre ici. Moins on va payer cher de loyer, mieux ça va être.

— Puis moi, je vais coucher où?

— Bien, on va transformer le salon pour te faire une belle chambre. On va te mettre un beau rideau pour te faire comme une porte. Tu vas voir, tu vas être bien.

Je devinai que ma mère avait quelque chose à voir avec la lucidité du petit doigt de madame Montblanc et ne manquai pas de l'en remercier au souper. Deux semaines plus tard, le salon du logement d'en haut devint la chambre officielle d'Amanda. Elle se trouva rapidement satisfaite de la situation, puisqu'elle n'avait jamais profité d'un espace personnel. À compter de ce moment, elle autorisa les rencontres chez elle. De savoir mon amie heureuse me faisait l'effet d'un feu d'artifice dans le coeur. Je dois dire que de m'échapper, de temps en temps, du contrôle maternel me procurait un grand bien. Comme madame Montblanc et monsieur Taupin travaillent tous les jours de la semaine, nous avions le champ libre cinq jours sur sept. Michel demeurait d'ordinaire cloîtré dans sa chambre, à écouter de la musique ou à jouer avec la guitare électrique que son père lui avait léguée. Lorsqu'il pleuvait, nous nous réfugions plus souvent dans le salon à coucher d'Amanda que chez moi.

L'été s'évapora. Nous retournâmes sur les bancs d'école. En octobre, madame Montblanc annonça à ses enfants qu'elle allait épouser monsieur Taupin en décembre, tout juste avant Noël. Amanda et Michel passèrent donc les vacances au Lac-Saint-Jean, chez leur oncle, pendant que monsieur Taupin et madame Montblanc-Taupin partirent en voyage de noces à Cuba. De mon côté, ces journées furent mornes. J'aurais pu en profiter pour prendre du temps avec ma mère, apprendre à cuisiner les tartes et les pâtés. Je préférai rester au lit, à lire des romans de jeune fille ou des bandes dessinées.

L'hiver débuta sur une note positive. Madame Montblanc-Taupin respirait le bonheur. Avec deux salaires, la vie dans le logement du haut s'allégeait enfin.

Cela ne dura pas. En février 1989, monsieur Taupin perdit son emploi. On l'avait licencié après une restructuration de l'entreprise, disait-il. Il se retrouvait au chômage. Mon père déclara, un soir, que le voisin sombrait dans la dépression, depuis qu'il ne travaillait plus; qu'il faisait pitié à voir! De fait, Amanda recommença à refuser que je monte chez elle. Monsieur Taupin restait à la maison toute la journée, passait son temps en camisole, ne se rasait plus qu'une fois par semaine, aux dires de mon amie. D'ailleurs, lorsqu'elle parlait de son beau-père, les termes qu'elle employait n'étaient pas élogieux. Un après-midi, sur le chemin du retour de l'école, elle se permit de se vider un peu le cœur.

— C'est rien qu'un esti de gigon!

— C'est quoi, un gigon, Manda?

— Un gigon, c'est Taupin! C'est un con. Non, mais, tu devrais le voir. Il passe son temps en camisole puis en culottes de jogging. Il pue. Tu sais, avant le mariage, il était fin, toujours bien propre. Là, c'est pas le même homme. Je te jure, il se rase presque plus. Ma mère dit que c'est normal, qu'un homme qui perd sa job c'est une catastrophe, qu'il va s'en remettre bien vite et se donner un coup de peigne pour se trouver une nouvelle job. J'espère! Il fait dur, t'as pas idée.

— Non, en effet, vu que tu me laisses pas aller chez vous, répondis-je sèchement.

— Excuse-moi, Jo, mais tu veux pas voir ça. J'ai assez honte! Il boit de la bière, fume des cigarettes, puis se gratte la poche toute la soirée devant la télé, dans la cuisine. Ma mère dit pas un mot. Elle est-tu conne ou quoi?

— Il se gratte la quoi?

— La poche. Coudonc, toi, t'es élevée dans l'ouate pas à peu près, toi! Les testicules, si tu préfères.

— Ah… désolée, Manda, c'est pas un mot que ma famille utilise. Du moins, devant moi-

— En plus, il est même pas foutu de faire à manger. Puis, il fait pas de ménage non plus. Il fait rien,

je te dis. C'est ma mère qui se taperait tout, si Mich puis moi on était des enfants normaux.

— Euh?

— Bien oui, tu sais, comme tes frères, là. Des enfants qui voient pas quand les parents ont besoin d'aide dans la maison. Qu'est-ce que tu veux, on est habitués, nous autres, d'aider notre mère, depuis que papa...

Amanda ne terminait jamais sa phrase lorsqu'elle impliquait son père. Elle toussa, asséna un coup de pied dans une motte de neige sur le trottoir.

— En plus, tu sais quoi?

— Non, murmurai-je.

— Le colon, là, bien il nous donne des ordres, à mon frère puis moi. Ramasse la vaisselle, là. Aide ta mère un peu. Passe donc la balayeuse. Il traite Mich de grand flanc mou, de paresseux. Tu sais, Michel, il lave la vaisselle tous les midis! Moi, je la fais après le souper. Comme ça, ma mère peut souffler un peu. Puis là, à cause de lui, ma mère s'est remise à fumer, joual vert! Ça pue dans la maison!

— Je commence à comprendre pourquoi tu veux plus que j'aille chez vous.

— Tant mieux si tu peux t'imaginer, mais je te souhaite de jamais comprendre.

— Quoi?

— Rien, laisse tomber.

L'hiver neigea, le printemps balaya le froid, les feuilles naquirent aux arbres. Amanda se déclara souvent malade. Elle perdit du poids. L'arrivée de l'été me réjouissait, car je m'inquiétais pour sa santé. Je croyais naïvement que la belle saison l'aiderait à retrouver la forme. La journée qui marquait le début des vacances scolaires, quelques jours après notre onzième anniversaire (nous étions nées à quelques semaines d'intervalle), je gravis les marches de fer forgé deux à deux pour proposer un pique-nique au parc à mon amie. Nous aimions manger sur le bord de la rivière Saint-Charles, y couler nos après-midi en rêvassant à la musique de l'eau. Parfois, nous entretenions de longues conversations sur les passants, leur donnant une vie imaginaire remplie d'aventures impossibles. De plus en plus, nous nous mettions en scène dans des histoires abracadabrantes, dans lesquelles Jon Bon Jovi ou Axel Rose nous servaient de chevaliers. La plupart du temps, nous discutions des autres filles de l'école, qui jouaient encore à la Barbie. Nous les jugions idiotes et immatures. Nous ne pouvions pas comprendre qu'elles représentaient la norme et que nous nous trouvions en marge. Nous avions vieilli trop vite.

J'entrai dans la cuisine sans frapper, comme toujours. La table propre ne trahissait aucune activité matinale. Je crus que la famille dormait toujours. En me retournant doucement, pour ne pas faire de bruit, j'aperçus le tapis sur lequel étaient déposées les chaussures. Une seule paire d'espadrilles d'homme y reposait. Tout d'un coup, j'eus peur de me trouver nez à nez avec monsieur Taupin. Je sentis mes jambes trembler. J'étais figée. La terreur me paralysait. J'entendis le plancher craquer, puis une porte grincer. Je criais, dans ma tête, à mes membres de me laisser bouger. Je voulais me sauver. Lorsque je vis Michel sortir de la salle de bains en s'étirant.

— Hé! Hé! Salut, Jo! On dirait bien que je t'ai fait peur.

— Non, non. C'est pas ça. C'est juste que-

— Que quoi? Tu pensais que j'étais le gros méchant loup?

— Non, je pensais que les runnings, là, étaient à ton beau père. Mettons que je voulais pas me retrouver toute seule avec.

Michel s'approcha de moi, très près. Je pouvais sentir son odeur fraîche, masculine. Il sortait visiblement de la douche. Ses cheveux humides collaient un peu sur son crâne. Je reconnus le parfum du savon Irish Spring, qui était également utilisé par les garçons, à la maison. Michel ne portait qu'un bermuda, me laissant voir les muscles naissants de sa poitrine. Amanda m'avait dit que son frère avait commencé à soulever des poids et à rouler, de longs après-midi, en vélo. Je ressentis une chaleur m'envahir. Je me reculai d'un pas, baissant les yeux.

— Tu l'aimes pas, toi non plus, le gigon? demanda-t-il, un sourire au coin de la bouche.

— Non. Je l'aime pas. Bon, bien, je vais m'en aller, vu que ta sœur est pas là. Elle est où, au juste?

— Ma mère l'a réveillée de bonne heure, à matin, pour l'amener à l'autobus voyageur.

— Je comprends pas.

— Bien simple : ma mère a expédié ma sœur au Lac-Saint-Jean.

— Chez votre oncle? Pourquoi?

— T'as pas remarqué comment Manda est pâle depuis cet hiver?

— Oui, c'est pour ça que je venais lui proposer un pique-nique au parc.

— M'man a pensé que l'air frais lui ferait du bien.

— Bon, bien-

— Non, attends! me dit-il en me retenant par le bras. Reste avec moi un bout. On se parle jamais.

Je ressentis une vague de courage. Je fis volte-face et regardai Michel dans ses beaux yeux bleus.

— T'as-tu remarqué que ta sœur a commencé à être malade souvent quand ton beau-père a perdu sa job?

— Tu penses que ça a rapport? demanda Michel en se frottant les mains.

— Je sais pas, mais je trouve ça louche.

— Suis-moi, je veux te montrer quelque chose.

Ma timidité me fit un croc-en-jambe, mais je ne me laissai pas impressionner. J'emboîtai le pas derrière Michel, inspirée par l'inquiétude que nous partagions pour Amanda. Une envolée de papillons monta de mon ventre pour se ficher sur ma langue. La chaleur interne, ressentie plus tôt, revenait me tenailler. En entrant dans sa chambre, je constatai qu'il y régnait le même désordre que dans celle de mes frères. Ce désordre qui commençait à s'empiler sur le plancher de bois verni de la mienne, également, et qui arrachait des soupirs à ma mère. Michel ferma la porte.

— Viens, assis-toi sur mon lit, dit-il en me montrant le monticule de couvertures sur le matelas. Tasse les couvertes. Faut que tu me promettes de quoi avant que je te montre.

— Quoi ça? demandai-je en m'installant en indien.

Michel approcha son visage à quelques centimètres du mien. Mon cœur arrêta de battre, puis se remit en marche sur un rythme irrégulier. Pendant une éternité de trente secondes, je crus mourir. Que m'arrivait-il donc? Je connaissais la réponse, mais ne voulais pas l'admcttrc. Ma mère m'aurait dit que j'étais beaucoup trop jeune. Trop jeune pour aimer et désirer.

— Tu vas me promettre de garder ça pour toi. C'est un secret, entre tes beaux yeux bruns puis moi. C'est compris?

— Bien sûr. Je suis une tombe!

Il s'éloigna de quelques pas. Le store baissé laissait passer quelques rayons de soleil, donnant à la pièce une atmosphère de film de détective privé. Michel fouilla dans le tiroir de sa table de chevet pour en sortir un petit sac de plastique contenant une substance verte. Je l'observais, respirant à peine de peur de briser la magie. Je rêvais souvent de me retrouver seule avec lui, tout près de lui. De sentir son odeur, sa chaleur. Sa beauté, son sourire, ses yeux me troublaient de plus en plus, depuis quelque temps. Je n'osais pas en discuter avec Amanda. Je craignais de lui causer du chagrin. Je connaissais sa propension à la jalousie.

Michel avait sorti un petit papier blanc, avait déposé du vert dedans, l'avait roulé et lécher pour sceller le tout, comme les cigarettes d'un de mes oncles. Le parfum de la substance m'entêtait. Je baissais ma garde, humais l'air que déplaçait Michel en bougeant et qui embaumait sa masculinité naissante. Il m'expliqua qu'il nous avait fabriqué un joint, avec du bon pot sans cochonnerie.

— Tu vas voir, ça va te faire du bien, murmura-t-il de sa douce voix achevant de muer.

Il alluma le tout, en tira quelques bouffées qu'il conserva dans sa gorge quelques secondes avant d'expirer un petit nuage grisâtre. Il me tendit le joint.

— Tiens, ma belle, tu inspires profondément et tu gardes ta respiration le plus longtemps possible. Vas-y!

Il m'aurait demandé de mettre le feu à la lune que je me serais exécutée. Ses yeux pétillaient de bulles lumineuses, son sourire rendait impossible toute tentative de défense de ma part. J'inspirai lentement et m'étouffai sur-le-champ. Il me frotta le dos, me disant que c'était normal, que je pourrais réessayer quand la toux serait terminée, que la fumée passerait mieux alors. Michel tira deux bouffées, me présenta le joint de nouveau. Je tentai le coup une fois, puis une autre et redonnai le tout à mon ami. Il finit le pétard.

— Ce sera pas long, je vais aller jeter ça dans la bolle, puis je vais ouvrir la fenêtre dans la cuisine, pour pas que ça sente ce soir, quand ma mère va revenir.

— OK.

Il me laissa seule deux ou trois minutes. J'en profitai pour regarder autour de moi : les vêtements pêle-mêle par terre, les couvertures de son lit qui sentaient bon, les cassettes de Metallica, la guitare électrique. J'avais l'impression qu'un nuage m'enveloppait, comme si je flottais au-dessus du matelas. Michel revint, ferma la porte, se planta devant moi en souriant.

— Ça va?

— Ouin.

— T'aimes-tu ça?

— Quoi?

— Bien, l'effet.

— Oui. C'est comme si j'étais dans de la ouate.

— Tu veux-tu que je mette de la musique?

— Ouin, pourquoi pas?

Il plaça une cassette de Iron Maiden dans le lecteur de la chaîne stéréo qu'il avait reçue à Noël, dont Amanda m'avait de nombreuses fois fait l'éloge. Puis, il s'assit à mes côtés. Je devais rêver. Il se trouvait là, à quelques centimètres de moi, tout près.

— Ça fait un bout de temps que j'ai envie qu'on passe du temps ensemble, tout seul.

— Ah?

— T'as des maudits beaux yeux, je te l'ai-tu déjà dit?

— Je sais pas.

— T'étais déjà cute quand t'étais petite, mais astheure que t'es rendue ado-

— Euh… je suis pas encore ado. Bien, pas pour vrai, même si ma mère m'a dit que j'avais toute pour, là.

— Bien, moi je trouve que t'es une ado. Puis de toute manière, c'est pas l'âge qui fait la personne.

— C'est sûr.

J'aurais acquiescé sur n'importe quoi, tant que cela me permettait d'être en sa compagnie le plus longtemps possible. Il avait pourtant raison sur un point : ma puberté était très avancée. Je mesurais déjà cinq pieds et six pouces; trois pouces de plus que ma mère. J'avais mes règles tous les mois, mes petits seins nécessitaient le port d'un soutien-gorge, ma voix changeait légèrement, je devais me raser les aisselles et les jambes.

Michel me regardait. Cette chaleur entre mes cuisses, celle-là même qui m'obligeait à me balancer sur

mes mains, le soir, en rêvant à lui, me tenaillait. Un frisson me parcourut. Je sentis mon visage s'enflammer.

— T'aime la musique, ma belle?

— Oui. J'ai l'air un peu nounoune, hein?

— Non, pantoute.

Il passa le revers de sa main délicatement sur ma joue. Étais-je réellement en train de vivre ce moment, à mon âge? Un courant électrique s'arrêta dans la pointe de mes seins, je dus serrer les jambes pour me contrôler. Ma tête tournait. Était-ce l'effet de la drogue ou celui que Michel avait sur moi? Il approcha son visage du mien. J'eus envie de fuir. J'en étais incapable. Ses yeux se fermèrent, ses lèvres s'appuyèrent sur les miennes. J'avais lu, dans un roman Harlequin, qu'un premier baiser était doux comme le miel. C'était faux. Le miel n'a pas cette douceur divine que ces lèvres avaient sur les miennes.

Je ne pouvais pas demeurer immobile dans cette situation, il m'aurait prise pour une enfant. Je répondis donc à son appel avec toute la passion que mon corps contenait depuis des mois. Il avança, me forçant à m'étendre sur le dos, continua de m'embrasser. Ses mains exploraient ma peau, sous mon t-shirt. Je me laissai emporter par le tourbillon de sensations qui m'assaillaient, la drogue endormant ma résistance, ou mon bon sens. Je succombai au désir de le toucher. Sur ma cuisse, je sentis ce que je savais être une érection. Mon frère Déric s'était chargé de mon éducation sur ce point, un soir qu'il se croyait seul à la maison et où je l'avais surpris en flagrant délit. Je fus envahie de fierté d'avoir provoqué cette réaction chez Michel, qui glissa maladroitement ses doigts dans ma culotte. Je perdis tout contrôle. L'air passait mal dans mes poumons. J'étais au paradis. Malgré mon trop jeune âge, malgré l'inexpérience, je goûtai le véritable gâteau des anges.

- 6 -

J'avais mal au ventre, la nuit dernière. J'ai éprouvé beaucoup de difficulté à dormir. Probablement à cause de l'angoisse, qui causait de violentes vagues dans mon corps. Il est ardu d'écrire toute cette histoire. J'ai décidé de ne pas me censurer. Je dois me libérer. Pour cela, il me faut raconter la vérité telle que je l'ai vécue. Du moins, telle que je m'en souviens. Ce matin, je me sens en suspension entre le néant et le purgatoire. Dame nature en rajoute : le ciel est gris, le vent est fort, l'air est froid. Il fait laid, ça pue la morosité, ça grouille de démons sortis de l'inexistence. L'enfer n'est pas peuplé de monstres, mais d'humains.

À vingt ans et des poussières, notre compréhension des choses a évolué. On devient plus réceptif qu'à l'adolescence. Un exemple : je comprends pourquoi je dois ingurgiter des médicaments. Il s'agit de mon propre bien-être, malgré que ce soit désagréable! Je ne l'accepte pas pour autant, même si je les avale, les pilules! La révolte est intérieure. Elle surgit quand je m'endors à toute heure du jour, lorsque je me rends compte que je parle comme si j'avais bu une caisse de bière. La rébellion se manifeste chaque fois que je sens le comprimé descendre sur ma langue, s'y coller, laissant un affreux goût de papier mâché, de craie et de malheur. Une saveur de tragédie.

Michel et moi avions convenu d'un code secret. Lorsque sa sœur s'absentait de la maison sans moi, phénomène très rare, il frappait deux petits coups secs sur le plancher qui faisait office de plafond à ma chambre. Je devais alors le rejoindre derrière le hangar des Dumont. Madame Montblanc-Taupin en possédait une clé, car la voisine lui permettait d'y entreposer certains effets. Mon amoureux et moi nous y retrouvions parfois pour un échange de tendresse et de confidences. Je n'acceptais de fumer du pot que lorsque je savais qu'il n'y avait aucun risque qu'Amanda m'y prenne. Je ne souhaitais pas qu'elle soit au courant de mes rencontres avec son frère. J'ignorais comment elle percevrait la chose. Sûrement comme une trahison, autant de ma part que de celle de Michel. J'éprouvais toujours cette sensation de devoir protéger mon amie.

L'été fut ponctué de crisettes, de disputes avec ma mère. Elle soupirait, se plaignait que j'étais devenue adolescente beaucoup trop vite, qu'elle n'aurait jamais osé faire ce coup à sa propre mère à mon âge, qu'il aurait fallu que j'attende d'entrer au secondaire. Comme si la décision me revenait! Dans mon petit confort d'enfant n'ayant jamais manqué de rien, je ne remarquai rien de particulier dans le fil des jours, jusqu'à un après-midi du mois d'août, quelques jours avant la rentrée des classes.

Nous étions assises, Amanda et moi, sur le bord de la rivière Saint-Charles, quand je vis combien son teint avait pâli, malgré le soleil dont nous avions profité amplement durant la belle saison. Elle parlait d'une vedette de rock. Je ne l'écoutais pas. Que se passait-il pour qu'elle soit si blême? Elle marqua une pause dans son discours. Je me hasardai à poser la question qui me turlupinait.

— Amanda?

— Quoi?

— Me semble que t'es pâle pas mal.

— Tu trouves?

— Oui, je trouve.

Elle détourna les yeux vers le ciel. Je sentis que je m'étais aventurée sur un terrain sensible. Ses frêles épaules se voûtèrent, ses lèvres tremblèrent. Je crus qu'elle allait défaillir. Elle reprit néanmoins le contrôle d'elle-même grâce à trois ou quatre longues inspirations.

— T'inquiète pas, Jo. Je suis pâle parce que j'ai peur.

— De quoi?

— Bien, j'ai peur que ma mère soit pas capable d'acheter tout ce qui me faut pour la rentrée. Tu sais, c'est pas facile à dire, mais… mais, ma mère est vraiment très pauvre depuis que son con travaille plus.

— Ta mère a pas de l'argent qui reste de… bien, après la mort de ton père?

— Hein?

— Oui, tu sais, les affaires, là… tu sais, j'ai entendu mon père dire à ma mère qu'il avait changé de compagnie pour ça puis qu'après sa mort, elle aurait de l'argent pour nous élever, qu'on serait pas dans le besoin.

— Ah! Les assurances!

— C'est ça!

— Mon père avait à peine de quoi payer l'enterrement. Il est juste resté la guitare électrique, des photos puis du linge.

Évoquer son père rendait toujours Amanda nerveuse. Ses yeux s'humidifiaient, ses doigts remuaient, ses joues rosissaient.

— J'ai entendu ma mère l'autre soir, continua-t-elle. Elle a dit à son moron qu'elle avait à peine de quoi payer le loyer puis la bouffe. Puis encore, je me demande c'est quand la dernière fois qu'on a mangé du steak. M'en rappelle même plus! Quand elle a eu la lettre pour mes affaires d'école, hier, je l'ai vue pleurer. Ma mère pleure pas souvent, tu sais.

— Ma mère a dit, elle aussi, que ça avait pas de bon sens combien ils en demandent, l'école. Qu'ils s'organisent pour mettre le monde sur la paille.

Le soleil déclinait en peignant le ciel de rose, d'orange, de gris fer et de bleu. L'air se déchargeait de la chaleur de la journée. L'odeur mouillée de la rivière se mêlait à celle, fraîche, des arbres qui se préparaient pour la nuit. Un léger souffle de vent chatouilla nos orteils en passant à travers nos sandales.

— Manda, j'ai une idée!

— Quoi? On s'enfuit pour aller vivre dans le bois, comme des loups? s'exclama-t-elle en esquissant un petit sourire forcé.

— Bien non! Ma mère fait toujours un gros ménage dans mon linge à la fin août. J'ai grandi pas mal dans l'année, puis mon linge est même pas usé. Je suis sûre qu'il te ferait, vu que t'as une tête de moins que moi. Tu veux-tu que je dise à ma mère de te le donner?

Elle bondit, se retrouvant debout à mes côtés.

— Oh! C'est une super idée, ça! s'écria-t-elle en joignant ses mains, comme en prière. Comme ça, ma mère aurait pas à s'occuper de ça, puis elle aurait plus d'argent pour le matériel d'école. On va-tu en parler à ta mère tout de suite? S'il te plaît!

— Tes désirs sont des ordres!

Nous courûmes chez moi. Nous entrâmes en coup de vent dans la cuisine, où mes parents sirotaient une tasse de thé. L'odeur d'une tarte aux pommes à la cannelle cuisant dans le four me fit perdre le fil de mes pensées un instant. Nous racontâmes en chœur, un peu rapidement, la situation. Mon père finit par nous demander de nous taire, de respirer et de recommencer. Amanda me délégua la tâche. Mon récit terminé, ma mère se désola et acquiesça à ma demande. Ce soir-là, je reçus une double portion de tarte.

– Je suis bien fière de toi, ma fille, dit maman. C'est beau, le partage. Penses-tu que ça choquerait madame Montblanc-

– Madame Montblanc-Taupin, m'man, corrigeais-je.

– Oui, madame Montblanc-Taupin, oui. Penses-tu que je pourrais comme faire une erreur dans les fournitures puis acheter trop de crayons, par exemple?

– Let's go, m'man! Je suis certaine que ça va aider en masse.

– Tiens, je vais même en acheter de trop à Déric, vu que Michel puis lui sont dans la même année. Je pense que je vais même y aller demain matin, pour faire sûr que la voisine ait pas le temps d'y aller, puis qu'elle se retrouve avec plein d'affaires en double.

La rentrée arriva, suivie d'un automne doux et pluvieux. Cette année-là, Amanda et moi avions décidé que nous devenions trop vieilles pour courir l'Halloween.

Nous creusions plus profondément le gouffre nous séparant de l'enfance, nous différenciant des autres élèves de notre classe. J'avais l'impression que le monde, ouvert devant nous, représentait une expérience magnifique. Mon amie ne me reparla pas des tracas financiers de sa mère pendant l'automne. De son côté, Michel, lors de nos rencontres secrètes, m'en glissait parfois un mot. Il lui tardait d'atteindre l'âge légal pour travailler. Il souhaitait occuper un emploi à temps partiel, pour s'acheter des vêtements. Les vacances des fêtes se déroulèrent rapidement, dans un semblant de joie. Nos deux familles demeurèrent à Québec. Si mes amis du dessus ne reçurent pas de gros cadeaux, ils furent au moins enchantés de partager notre réveillon.

Un matin de février, Amanda arriva en retard, les yeux bouffis, le nez rouge. Nous nous hâtâmes vers l'école en silence. Je dus attendre à la récréation pour la questionner. Dans la cour, nous possédions notre coin. Le fait était de notoriété publique : même les petits de première année ne s'y aventuraient pas. Confortablement adossées au mur froid, les mains callées dans nos poches, les oreilles roses parce que nous refusions de porter une tuque, nous discutions. Le souffle sortant de nos bouches formait des nuages opaques.

— Veux-tu bien me dire ce qui s'est passé ce matin, toi? questionnais-je.

— Il s'est passé que j'ai appris que ma mère est devenue folle! Depuis qu'elle est mariée avec ce maudit gigon-là, elle est tombée sur la tête!

— C'est qui a, encore?

— Heille! Elle croit tout ce qu'il dit. C'est rien qu'un maudit menteur, en plus. Là, ma mère va travailler trois soirs par semaine, en plus de sa job de jour, pour pouvoir tout payer. Juste parce que son gros cochon se bouge pas le cul! Maudit gigon, de colon, de gros cave sans génie!

Elle asséna un violent coup de pied à un ballon qui roulait sur nous, l'envoyant plusieurs mètres plus loin.

— Pourquoi qu'il se trouve pas de job? questionnais-je.

— Imagine-toi donc que le père d'un des chums à Michel est contremaître à l'ancienne job du gros twit. Michel m'a dit que le gigon, il a perdu son travail parce qu'il le faisait mal puis qu'il était paresseux. Il arrivait tout le temps en retard, ça a l'air.

— Ah, ouin?

— Ouin. Puis là, c'est ma mère qui le fait vivre. Puis elle lui paye de la bière puis des smokes, calvaire! Pendant ce temps-là, je suis obligée de porter ton vieux linge, puis Michel a rien à se mettre sur le dos, lui. Une chance qu'il est beau, ton vieux linge!

J'éclatais de rire à cette remarque. Je ne comprenais pas ce qu'il y avait de frustrant pour Amanda dans le fait de posséder mes vêtements usagés.

— Il cherche-tu, au moins, ton beau-père? demandais-je.

— Même pas. L'autre jour, Mich était en congé puis le gros twit le savait pas. Mon frère a fait semblant d'aller à l'école comme d'habitude, puis il s'est glissé dans maison pour espionner le gigon. Le bonhomme, il est même pas sorti! Il a bu de la bière, fumé des cig puis regardé la télé jusqu'à trois heures. Après, il a pris une douche, s'est mis beau. Moi, quand je suis arrivée, j'ai rien vu aller. Le soir, il a dit à m'man qu'il avait passé deux entrevues dans la journée puis qu'il attendait des nouvelles. Crisse de menteur, hein!

Elle serrait les dents en parlant. Ses sourcils se fronçaient à chaque fin de phrase. Elle fermait les poings.

— Ta mère le laisse faire?

— Bien là, elle le croit. Elle l'aime, imagine-toi donc! Si c'est pour se faire crosser de même qu'on se marie, fie-toi sur moi : je me marierai jamais.

— Ça fait que ta mère va travailler de soir?

— Ouin. Lundi, mardi, mercredi soir, comme réceptionniste dans une clinique vétérinaire.

Je traçais des lignes dans la neige avec la pointe de mon pied. Je n'avais pas l'habitude d'embellir mes pensées avec des dentelles, mais ce matin-là, quelque chose m'empêchait d'exprimer ce que je ressentais. Mon incompréhension de la colère de mon amie adoucit mes paroles. À moins que ce n'eût été ma naïveté.

— Bien, si tu t'ennuies trop de ta mère, le soir, tu peux toujours venir chez nous. Ma mère t'aime comme sa fille, tu sais.

Amanda me regarda, les yeux plissés. Un sourire étira ses lèvres, laissant poindre ses petites dents blanches. Elle mit sa main sur mon épaule.

— Jocaste, je sais que tu comprends pas, puis que tu peux pas comprendre. T'as plein d'amour, toi. Tes parents sont heureux, ta famille a de l'argent assez pour tout payer, puis toute. Mais, t'as un maudit grand cœur! C'est pour ça que je sais que je peux tout te dire, même si tu peux pas comprendre pour vrai.

Le quotidien de mon amie fut bouleversé le lundi suivant. Madame Montblanc-Taupin commença son deuxième emploi. Amanda ne s'en plaignit jamais. Michel fêta ses quinze ans. Il put enfin décrocher un travail de plongeur dans un petit restaurant du quartier, le samedi soir. En plus de se procurer des vêtements et du pot, il donnait souvent de l'argent à sa sœur. Cette solidarité me touchait au plus profond de mon être. Chez nous, il y avait deux fratries : mes frères en formaient une et je formais l'autre. Rénald, qui m'avait pourtant aimée, ne m'adressait plus la parole. Les repas en famille se déroulaient à écouter nos parents discuter du travail de papa ou des actualités. Les garçons engloutissaient leur nourriture, impatients de sortir jouer au hockey. Dès que j'avais fini mon assiette, je me réfugiais immédiatement dans ma chambre, pour éviter de devoir parler avec mes parents. Ils s'adressaient à moi comme si j'avais encore été une enfant. Je me sentais diminuée. Je me croyais malheureuse.

Amanda pensait que ma famille était parfaite. J'avais tenté de lui démontrer le contraire, mais elle ne démordait pas. Je la laissais à ses illusions. Dans sa situation, tout devait être mieux que chez elle.

Mon amie souffrait toujours de la mort de son père. La douleur, chez elle, ne s'était pas cicatrisée, saignait un peu chaque jour. Pour elle, il l'avait abandonnée. Le pardon n'est pas aisé, surtout lorsqu'on ne peut pas en discuter avec le principal intéressé. Elle cultivait donc cette colère dans un coin fertile de son âme. Jadis, elle fuyait ce mal en inventant des histoires, en créant une vie de rêve. L'arrivée hâtive de l'adolescence l'empêchait maintenant de se réfugier dans l'imaginaire : la naïveté de l'enfance l'avait délaissée.

À la fin du mois de juillet, quelques semaines après nos douze ans, nous étions allongées sur des serviettes que nous avions apportées sur le bord de la rivière. Le chaud soleil nous brûlait la peau malgré la généreuse couche de crème solaire que nous avions appliquée. J'étais à réfléchir à l'année scolaire qui s'en venait à grands pas, à notre entrée au secondaire qui m'effrayait un tantinet. Amanda brisa le silence de mes pensées.

— Jo, faut que je te parle. J'en peux juste plus!

Le ton glacial de sa voix, l'urgence qui s'en dégageait, me saisit.

— C'est qui a?

Elle était allongée sur le côté, face à moi. Elle se tourna sur le dos avant de continuer.

— Il y a que j'en peux plus de ce crisse de gros cochon de maudit pervers de gigon à ma mère!

— Coudon, c'est qui s'est passé encore? demandais-je en tentant de camoufler mon inquiétude.

— Toi, tu vas me croire, Jo, hein?

— C'est sûr, t'es ma meilleure amie.

— Ouin, c'est pour ça que je veux t'en parler. Je vais tout te dire, mais crie pas. Imagine-toi donc qu'il… il…

Elle soupira. Ce qu'elle avait sur le cœur semblait pris dans sa gorge. Elle toussa.

— Ça a commencé un jour que ma mère était pas là, puis que t'étais à Montréal.

— Quoi ça, qui a commencé? questionnais-je en m'assoyant.

— Attends, Jo, je vais raconter l'histoire, ça va être plus facile pour moi. Bon, t'étais à Montréal puis ma mère était pas là. C'était un peu après le mariage. Il m'a demandé de venir m'asseoir à côté de lui pour regarder la télé. J'ai pas voulu, ça fait qu'il s'est levé puis m'a pris par le bras. Il m'a lancée sur le divan, dans le coin de la cuisine. Après, il a commencé à me caresser les cheveux, puis la face. Je me sentais tellement mal! Mais, je pouvais pas bouger, il me tenait. Son odeur de sueur dégueu me retrait dans le nez. Un moment donné, il s'est levé puis a baissé ses culottes. Ses bobettes avec. Il m'a montré sa queue.

Je frémis. Une vague froide déferla sur moi, engouffrant ce qu'il me restait de naïveté. J'assistais à un récit d'horreur. Je le voyais, dans mon esprit. Tout ce qu'Amanda disait devenait une image mentale. Je contins une envie de vomir. Mon amie continuait de se décharger l'âme, des larmes roulant sur son petit visage blafard.

— Jo, c'était vraiment effrayant, à ce moment-là : j'avais jamais vu ça, moi! C'était gros, ça grouillait vers le haut. C'était laitte! Là, il m'a dit de la prendre dans mes mains. J'ai pas bougé. Il a pris mes mains, puis en les tenant en dessous des siennes, il m'a forcée à le crosser. J'avais mal au cœur, je pouvais pas m'enfuir. Puis là, il faisait des sons dégueulasses. Il est venu sur mes mains. J'ai vomi. Il m'a crissé une claque en arrière de la tête, puis il m'a dit de tout nettoyer. Mais, avant que je bouge, il m'a prise par le bras, il m'a secouée, puis il m'a juré que si j'en parlais à qui que ce soit, il allait tuer Michel. Puis que, de toute manière, ma mère me croirait jamais.

— C'est rien qu'un écoeurant!

— Tais-toi, Jo! Tu veux-tu que tout le monde vienne s'asseoir avec nous autres?

— Excuse-moi, Manda. Continue.

Mon corps tremblait de rage, de dégoût. Je devais l'écouter. Elle avait besoin de moi. Ses mots me torturaient. Je la regardai : une statue de chair, livide, aux cheveux courts en bataille, dont seuls les yeux, laissant ruisseler la haine, trahissaient les émotions.

— Bon, je veux vraiment tout te raconter. Ça fait que là, il a recommencé chaque fois qu'il le pouvait. Puis, un moment donné, il s'est mis à venir me rejoindre dans ma chambre salon, quand Mich dînait à la poly. Là, il s'est tanné des branlettes. Un midi, il me l'a mise dans la bouche. Il tenait ma tête avec ses deux grosses mains sales. Il se la faisait aller, par en avant, par en arrière. J'ai vomi avant qu'il finisse, ça fait que j'ai mangé une méchante volée! Mais, le rat est pas si cave qu'il en a l'air. En fait, il m'a pas frappée. Il s'est allumé une cigarette, puis il me l'a étampée sur le ventre jusqu'à ce que je lui promettre de me taire. Il venait se faire sucer au moins une fois par semaine, puis deux, puis trois fois. Jusqu'à ce qu'il m'ordonne de baisser mes culottes. Là, il me l'a mis entre les cuisses, puis ça m'a tellement fait mal, Jo!

Elle pleura à gros bouillon pendant quinze bonnes minutes. Je n'osais pas l'approcher, je gardais un silence qui me grugeait l'âme. Puis, sans que je m'y attendisse, elle poursuivit.

— Tu sais-tu quoi? En plus, là, depuis quelque temps, il me la met dans le cul!

— Manda, t'en as-tu parlé à ta mère?

— Crisse, dans le cul, Jo! s'exclama-t-elle en frappant le sol de ses poings.

— Amanda! criais-je.

Elle me regarda, hébétée, comme si elle s'apercevait pour la première fois de ma présence.

— Tu veux-tu que tout le parc nous entende? En as-tu parlé à ta mère?

Ses larmes cessèrent, elle toussa. Son visage était presque vert. Elle se tourna, vomit dans le gazon séché par un été trop ensoleillé. Je fouillai dans mon sac, en sortit un paquet de gomme que je lui tendis. Elle se servit, mastiqua une éternité avant de me répondre.

— Oui, je lui en ai parlé. Elle m'a pas crue. Elle m'a crié après, m'a sacré des taloches puis des coups de pieds. Elle m'a accusée d'être jalouse, de vouloir l'empêcher d'être heureuse. Elle m'a dit d'en revenir de la mort de mon père, qu'elle a le droit de refaire sa vie.

— Quoi?

La rage me faisait serrer les poings si fort que j'en eus mal.

— Ouin, elle m'a dit ça. J'étais tellement fru que je me suis sauvée. Je suis revenue juste vers minuit. Elle était là, dans la cuisine, qui m'attendait.

— Elle s'est excusée, j'imagine.

— Non, elle m'a menacée : soit j'avouais avoir raconté des menteries, soit elle m'envoyait dans un centre pour jeunes délinquants.

— Qu'est-ce que t'as fait? Pourquoi t'es pas venue chez nous?

— Parce que t'étais à Montréal. C'était la fin de semaine passée que je lui ai dit. Ça fait que j'ai avoué d'avoir menti : je veux pas laisser Mich tout seul à maison avec le gigon. Puis, je vais te dire que j'ai eu peur de la colère de ma mère. Je l'avais jamais vu de même.

— T'en as-tu parlé à Michel?

— Es-tu folle, toi?

— Voyons, Manda, ton frère est super-

— Toi, avise-toi pas de lui en parler, je te le pardonnerais jamais!

De vert, son visage avait passé au blanc. La fureur dans ses yeux me fit frémir.

— Amanda, je te trahirai pas, c'est sûr, mais là, je pense que tu peux faire confiance à ton frère-

— Heille, jure-moi que tu vas rien lui dire!

— Bien non. De toute façon, quand est-ce que tu voudrais que-

— Fais pas l'innocente, Jocaste Levasseur, je le sais que tu l'aimes. Puis qu'il t'aime. Ça vous paraît dans la face. Il y a juste des parents pour pas voir ça.

Elle s'était assise en parlant. Ses traits reprenaient leur douceur habituelle. Elle eut un sourire en coin.

— Jo, je t'en veux pas, tu sais. Michel puis toi vous êtes juste fait l'un pour l'autre. Je suis sûre qu'un jour, vous allez vous marier. C'est juste drôle de voir que tu pensais que je ne me rendrais pas compte de ça. Mich puis toi, vous êtes ce que j'ai de plus précieux sur terre… J'ai peur de vous perdre, parce que vous êtes liés par quelque chose que je peux pas être dedans.

— Voyons, Manda, t'es comme ma sœur!

— Je sais.

Sa voix s'adoucit encore, pour devenir un murmure.

— Michel t'a pas raconté sa vie, hein? demanda-t-elle.

— Non, en effet. Il change de sujet quand je veux parler du passé.

— Je vais te le dire, moi. Mais, dis-lui pas, il va me tuer. Il a honte, tu sais.

— Honte de quoi?

— Je vais te le dire, parce que je veux que tu comprennes à quel point c'est important de rien lui dire pour le gros cochon de trou de cul. Vois-tu, Mich est le fils de ma mère, mais pas de mon père. Ma mère a été violée à dix-neuf ans puis elle est tombée enceinte de mon frère. Mon grand-père a jamais voulu la croire, il l'a crissée dehors. Ça fait qu'elle est venue vivre à Québec. Après quelque temps, elle a rencontré mon père. Il a accepté Michel comme son propre fils. Mais, ma mère a jamais pu l'aimer vraiment. Elle faisait semblant, parce que mon père, lui, il l'aimait. Depuis que papa est mort de son crisse de cancer, ma mère passe son temps à faire comme si que mon frère existait pas. Elle l'a même déjà frappé devant moi, tu sais.

— Quoi?

— Ouin, mais depuis qu'on reste ici, elle l'a jamais battu. Elle fait juste semblant qu'il est pas là le plus souvent possible. Avant, il essayait d'attirer son attention, il apportait des bulletins impeccables, mais elle les signait sans même les lire. Depuis qu'il a découvert le pot, il s'en crisse. Mais, dans le fond, je sais qu'il souffre. Il passe son temps à ranger la maison, faire la vaisselle ou des affaires de même pour qu'elle l'aime. Elle l'aimera jamais, j'en ai bien peur. Pauvre Michel. Tu me promets que tu vas toujours l'aimer, toi, hein!

— C'est sûr.

J'étais complètement assommée. Même un joint au complet n'aurait pas eu autant d'effet sur mon cerveau. Trop d'informations horribles en même temps. Mon estomac se contracta. Une violente envie de vomir me saisit de nouveau. Je réussis à me calmer. Amanda s'était étendue sur le dos. Elle regardait les nuages qui flottaient dans le bleu du ciel. J'avais l'impression de me trouver dans un manège qui tournait trop vite.

— Comment le soleil peut briller de même, quand il y a du monde qui souffre? Tu peux-tu me le dire, Jocaste? demanda-t-elle calmement.

Je me recouchai à mon tour.

— Non, je peux pas te le dire. Tu vas faire quoi, astheure? Veux-tu en parler avec ma mère? Elle va te croire, elle, je sais. Elle est peut-être un peu nounoune des fois, mais elle va te croire puis t'aider.

— Non. Je sais qu'elle va me croire, mais j'ai peur. Imagine si ta mère découvre qu'on fume du pot, que tu couches avec mon frère, que ma mère est une irresponsable puis que son gros cochon est un pédo alcoolique! Elle va faire une syncope, ta mère, si elle sait tout ça.

— Comment tu sais ça, toi, que je-

— Jo, mon frère porte jamais de bobettes roses.

Je ne pus m'empêcher de rire. J'avais perdu des sous-vêtements et c'était elle qui les avait trouvés.

— T'as bien raison, ma mère bad triperait si elle apprenait tout ça. Tu sais, elle pense encore que je suis une fillette.

— Ouin, je sais. Quand je vais chez vous, elle me parle encore comme quand on avait huit ans. Elle est fine, ta mère, mais elle se met la tête dans le sable. Elle veut pas voir que t'es une ado, puis je suis sûre qu'elle voudra pas le voir quand tu vas être une femme. C'est dangereux, je pense. En tout cas, je commence à comprendre pourquoi tu te tues à me dire que ta famille est pas parfaite. Mais, au moins, ta famille est une vraie famille.

Un couple d'écureuils gambadait tout près de nous. De jeunes mères se baladaient avec des poussettes. Des adolescents passaient à vélo. Les nuages formaient des sculptures diaphanes dans le ciel.

— Jocaste?

— Quoi?

— Tu vas rien dire, hein?

— Non. Mais, toi, promets-moi de trouver un moyen de sortir de là.

— Non. Pas si c'est pour me séparer de mon frère puis de toi.

— Voyons, Manda! Je veux pas que tu le laisses faire! Puis, je suis sûre que Mich te dirait la même chose.

— C'est pas si grave, tu sais. C'est juste... juste... en fait, c'est correct. Je me suis habituée. Sauf pour quand il me la fourre dans le cul! Ça, ça fait mal.

— Amanda! Tu peux pas t'habituer à ça!

— J'ai-tu le choix, d'après toi?

— On peut aller voir la police, je vais aller avec toi-

— Bien oui! Ils vont l'arrêter, arrêter ma mère parce qu'elle a rien fait, arrêter mon frère parce qu'il y a plein de pot dans sa chambre, puis ils vont m'envoyer en famille d'accueil. Tu sais ce qui arrive, en famille d'accueil? La même affaire que chez nous!

— Bien non, Manda. Ces gens-là, ils sont là pour aider les enfants puis les ados en détresse.

— Je suis pas sûre, Jo. En tout cas, je veux pas. Pas la police. Il faut que je trouve un moyen de régler ça sans que ça fasse de vague.

Je sentis sa main prendre la mienne. Elle cherchait de l'énergie, du réconfort, de la chaleur.

— J'ai une idée! m'écriais-je.

— Quoi?

— Demande à ta mère d'aller passer quelques jours chez ton oncle, au Lac-Saint-Jean.

Elle s'assit d'un coup.

— Heille, c'est pas bête, ça! Je pourrais mijoter un plan… puis, être loin de lui, le gros porc, pendant quelque temps, ça va juste me faire du bien. Tu veux-tu venir avec moi?

— Si mes parents sont d'accord, mais ça m'étonnerais, parce qu'il y a un mariage dans la famille de mon père la semaine prochaine puis je suis demoiselle d'honneur.

— Ah! C'est vrai, tu m'en as parlé l'autre jour.

- 7 -

Les vacances… jamais plus je ne profiterai de vacances. La maladie ne donne pas de congé. Un jour, je sortirai d'ici. Mais, je resterai toujours esclave du traitement. Sans médicaments, je replongerais dans les affres de l'enfer. Les fantômes qui geignent dans ma tête, les souvenirs dont je tente de me libérer grâce à mes cahiers (je viens d'en entamer un nouveau, le premier étant rempli) me garderont prisonnière à jamais. Je ne crois pas, comme certaines personnes mal informées, que le diable ait pris possession de mon esprit. Non. Je pense que c'est Dieu qui rit à mes dépens. Il a violé mon âme pour son bon plaisir. Il a insufflé cette graine toxique en moi, ce poison qui s'est emparé de ma vie et de celle de mes proches. Ma grand-mère souhaitait que je prie. Je ne peux plus croire en rien. Probablement que même ma grand-mère n'y croirait plus.

Je n'ai pas écrit depuis quelques semaines, car ce qui arriva après les révélations d'Amanda marque le début de ma descente aux confins du gouffre le plus sombre que l'âme humaine puisse visiter. Juste à penser à coucher cette souffrance sur papier… l'angoisse m'envahit. Il m'a fallu attendre de retrouver mes forces, mon courage. Je devais ressentir de nouveau le besoin de me libérer pour reprendre mon crayon.

Aujourd'hui, derrière la vitre, flottent de gros flocons. Décembre est un mois vaniteux; il sait qu'il est l'hôte de grandes fêtes; il désire être le plus beau. Il exige que sa neige soit très blanche, très pure. Cette neige, si blanche et si pure, justement, me fait penser à ma mère. Les ailes d'ange de Candide doivent ressembler à cette neige de décembre.

Après la discussion lors de laquelle Amanda déversa tout son malheur sur moi, quelques jours passèrent dans un silence de béton, malsain. Me retrouver seule avec Michel devint particulièrement difficile. J'éprouvais une farouche envie de tout lui confier. Je réussis néanmoins à me contenir autant devant lui que devant ma famille. J'étais partagée entre mon amour pour Michel et mon amour pour Amanda. Je souhaitais demeurer fidèle aux deux. Je pris le parti de me taire, sachant bien que je me rendais coupable d'omissions volontaires.

Mon amie, contrairement à moi, n'était absolument pas talentueuse pour le stoïcisme. Elle devint très anxieuse. Elle tortillait frénétiquement ses doigts, regardait constamment derrière elle, parlait trop vite. Elle refusait désormais toute solitude. Michel la suivait partout. Elle lui avait raconté qu'elle s'ennuyait terriblement de leur mère. Il la crut. Il eut pitié de sa jeune sœur. Nous formâmes un trio. Les mots se tassaient au fond de ma gorge. Ils poussaient. Ils souhaitaient sortir. Je ne les laissai pas s'échapper. Je compris que mon amie ressentait de la peur envers moi. J'en savais trop. Je pouvais raviver ses souffrances. Mes nuits s'écourtèrent, ponctuées de nombreux cauchemars. Ma mère s'inquiétait. Je lui répondais que la venue imminente de la rentrée scolaire m'angoissait.

Un soir, vers la fin de la semaine, je prenais de l'air sur la galerie d'en avant. Amanda vint me rejoindre. Elle semblait essoufflée, mais ne s'assit pas.

— Jo, je pars demain matin chez mon oncle.

— Cool!

— Ma mère a fini par dire oui. Il a fallu que je la tourmente un peu. Je lui ai dit que j'avais besoin d'air pur. Je lui ai fait comprendre que ça allait donner un break à son moron.

— J'espère que tu lui as pas dit ça de même! dis-je en pouffant de rire.

— Bien non, nounoune! En tout cas, l'important, c'est que je pars demain matin avec le premier autobus.

— Ça va te faire du bien, continuais-je en baissant la voix. Tu vas pouvoir réfléchir à tout ça. Mais, je suis persuadée que le mieux, c'est encore d'en parler avec mes parents.

Elle me fit de gros yeux, puis soupira.

— Je sais que tu diras rien.

Elle posa ses fesses sur le bras de la vieille chaise berçante où j'étais assise.

— Je peux-tu te demander de quoi? chuchota-t-elle.

— Bien sûr.

— Quand tu couches avec mon frère, il est-tu fin avec toi? Je veux dire, ça fait-tu mal?

Lorsque j'ouvris les yeux, j'étais étendue sur le bois gris, ma mère au-dessus de moi. Elle me priait de revenir. Elle m'épongeait le front avec une serviette humide et fraîche. Je m'assis, étourdie, en fixant mon amie, à genoux à mes côtés. Son regard semblait plus froid que le pôle Nord, mais ses lèvres traçaient un sourire. J'eus l'impression qu'elle-même se sentait divisée dans ses propres émotions.

— Ça va, Jo? demanda-t-elle.

— Ouin, ça va. Ça doit être la chaleur puis l'humidité qui me fait pas. Hein, m'man?

Ma mère acquiesça de la tête en se relevant.

— Tu devrais rentrer prendre une douche tiède, puis aller te coucher, fille, dit-elle en retournant dans la maison.

Ma famille s'était habituée à mes pertes de conscience. Dès qu'une émotion trop forte m'assaillait, je m'effondrais : à l'annonce du décès de mes grands-parents, à leur enterrement, chaque fois que j'avais perdu une dent, la fois où mon père avait été hospitalisé pour une pierre au foie.

— Tu sais, dans la famille de mon oncle, ils ont jamais connu des gros problèmes. Sont tranquilles. Ça va vraiment me faire du bien. Mais, je pense que t'as peut-être raison pour tes parents. Je verrai. Je m'excuse pour tantôt.

— C'est correct.

— Ce qui me fait le plus chier, dans cette histoire-là, c'est que ma mère me croit pas!

— Chut! Si ma mère t'entend parler de même, elle va bien faire une syncope!

— Excuse-moi.

Nos yeux se croisèrent et je ressentis un profond malaise. Une impression malsaine, noire. Je frissonnai.

— Manda?

— Hum?

— Tu me détestes-tu bien gros?

— Quoi?

— Tu-

— Ça va, j'ai compris ta question. Bien non, je te déteste pas. Pas pantoute! Pourquoi c'est faire que tu penses ça?

— Bien, pour Michel.

— Tu sais, dans le fond, c'est juste que je suis un peu jalouse. Mais, ça fait mon affaire, parce que depuis quelque temps, il est toujours de bonne humeur. Je pense que c'est à cause de toi. Je sais pas si c'est une bonne idée de partir.

— Pourquoi tu dis ça?

— Bien, parce qu'il va falloir que je revienne. Puis, j'aurais tellement aimé ça que tu viennes avec moi.

— Ouin. Eille, j’ai une idée. Tu devrais écrire un journal comme le mien. Tu sais, celui que je parle à ma grand-mère dedans, là! Tu pourrais tout raconter à ton père. Ça t’aiderait bien gros, je suis sûre.

— C’est une idée, ça! Je vais demander à ma tante qu’on aille acheter un cahier, quand elle va venir me chercher à l’autobus.

Elle se tortillait les doigts.

— Jocaste?

— Oui?

— Je voudrais vraiment savoir quelque chose, mais je veux pas que tu t’évanouisses encore.

— Ça va, je m’attends à tout, là.

— C’est comment, avec mon frère? Ça fait-tu mal?

— Non. C’est… c’est tellement le fun! Ça fait du bien.

— OK. Je voulais juste savoir si ça allait faire mal toute ma vie. T’inquiète pas, je le dirai pas à personne pour toi puis Mich. Toi, promets-moi de l’aimer pour toujours.

— Moi, je veux bien. Mais lui, ça se peut qu’il arrête de m’aimer un jour.

— Je m’en fous! Je veux que t'en prennes soin.

— Pourquoi tu dis ça, là?

— Pour rien. Promets.

— Bien là-

— C’est juste que j’ai peur, bon.

— OK. C’est promis, Amanda. Je vais aimer Michel pour toujours.

— Merci, Jocaste.

Elle se releva. Je l’imitai.

— Bon, faut que j'aille faire ma valise. Je reviens la veille de la rentrée. Prend soin de mon frère, veux-tu?

— Compte sur moi!

Elle s'éloigna de quelques pas, se retourna, courut vers moi. Une lueur de folie envahissait ses yeux.

— Jo, prends-moi dans tes bras! Dis-moi que tu m'aimes!

Je réagis immédiatement en l'entourant, la serrant très fort. Mes larmes trahissaient mon désarroi de la voir partir. J'étais consciente que le voyage lui ferait grand bien, mais quelque chose en moi souffrait de cette séparation. Elle se libéra de mon étreinte, s'en retourna chez elle, les épaules voûtées et la tête basse. Je ressentis mon cœur se contracter.

Le lendemain, ma famille et moi partîmes à Montréal, pour le mariage de ma cousine. Une journée de rêve. Pourtant, je ne pus en profiter pleinement. Nous rentrâmes à Québec le quatrième jour après le départ d'Amanda. Le matin suivant, peu après dix heures, Michel entra en trombe dans notre cuisine, sans frapper à la porte, ce qui était contraire à ses habitudes. De ma chambre, j'entendis la voix, surprise, de mon papa.

— Tiens, de la grande visite! s'exclama mon père. Rentre, mon Michel, rentre. C'est qu'on peut faire de bon pour toi?

— Bien… euh… Jocaste. Faut que je parle à Jocaste.

— Elle est dans sa chambre, puis de mauvaise humeur. Si j'étais toi, je me protégerais!

— Merci, m'sieur Levasseur.

Michel entra dans ma chambre, refermant la porte immédiatement.

— Mon Dieu, Mich, t'es bien blême! Puis t'es encore en pyj. Tu devrais pas fermer la porte, ma mère aimera pas ça-

— Laisse faire la porte! Regarde ce que je viens de recevoir par la malle.

Il me tendit une feuille de papier rose délavé, à motif de fleurs de pommiers, qui sentait le savon. Je le reconnus immédiatement : je l'avais offert à Amanda pour ses douze ans. L'anxiété tordit mon estomac. Je m'emparai de la lettre et la lue à voix haute.

— Michel, blablabla... suis horriblement désolée de te crever le cœur. Je sais que tu m'aimes, blablabla... Je peux juste pas continuer, c'est trop dur. Demande à Jocaste de t'expliquer. Puis prend pas maman en pitié, elle avait juste à me croire!

Je levai les yeux sur mon amoureux. Les bras croisés sur sa poitrine, il m'observait. Je soupirai. Je devais raconter un film d'horreur à Michel.

— Qu'est-ce qu'elle veut dire par : je peux plus continuer? murmurai-je.

— Je le sais-tu, moi? C'est pas plutôt à toi de me le dire? cria Michel.

— Excuse-moi, je me parlais. Michel, t'es mieux de t'asseoir, je pense.

La porte de ma chambre ouvrit de nouveau. Mes parents entrèrent.

— Qu'est-ce qui se passe, ici? demanda mon père. On a entendu Michel crier.

— Euh... m'man, p'pa, vous devriez peut-être vous asseoir, vous autres aussi.

Je tendis la lettre à ma mère, qui la lut avant de la passer à mon père. Pendant que Thomassin parcourait

l'écriture serrée d'Amanda, Candide prenait place sur mon lit à la droite de Michel. Le visage de mon papa se tourna vers moi. Tous attendaient l'explication.

— Bien là, faut que je vous dise que c'est pas de ma faute si j'ai rien dit avant. Amanda me l'a fait promettre. Puis j'ai promis. Puis, une promesse, c'est une promesse. Moi, je voulais qu'on vous en parle, à vous autres, p'pa puis m'man. Mais elle était pas prête. En tout cas. C'est parce que… c'est que… coudon! C'est bien dur à dire ça!

Malgré moi, les larmes coulaient de mes yeux. Mon corps tremblait. Mes cordes vocales se serraient l'une contre l'autre, refusant de vibrer pour former les mots. Je me fis violence pour me libérer de l'horrible vérité.

— C'est à cause du trou de cul à Taupin qui la viole depuis trop longtemps, bon!

Ce fut un cri plus qu'une phrase. La pièce tangua. Je m'accrochai au regard de ma mère, semblable à celui de la biche apeurée que j'avais vu sur l'autoroute, une fois.

— Qu'est-ce que tu dis là, Jocaste Levasseur? questionna-t-elle, les poings serrés.

— T'as bien entendu, m'man. Taupin, il a commencé d'abuser Amanda un peu après le mariage avec madame Montblanc, puis là, bien, c'est grave parce qu'il la… bien… je peux pas dire ce mot-là.

— Quel mot, Jo? demanda maman.

Michel tentait de se lever de mon lit, mais mon père le retenait par les épaules.

— L'écoeurant! criait mon amoureux. Le chien sale! M'en vais le tuer, le crisse de-

— Calme-toi, Michel, calme-toi! ordonna mon père.

Surpris par le ton autoritaire de la voix de papa, mon ami éclata en sanglots.

— Je te comprends, Michel, continua-t-il. En dedans de moi, là, j'aimerais ça avoir le droit de le tuer, moi aussi. Mais, ça marche pas de même dans la vie, jeune homme. Jocaste, je voudrais bien que tu me racontes tout ce que tu sais.

— Ce serait pas mieux que Michel entende pas ça? demanda ma mère.

— Non, je veux savoir! répondit Michel.

— Bien, si vous voulez tout savoir, je vais tout vous dire. De toute façon, j'en peux plus moi de garder ça en dedans. Ça me fait faire des cauchemars.

Mes jambes molles se ressaisirent à mesure que je faisais le récit des confessions d'Amanda. En terminant, mes forces m'abandonnèrent. Je m'écroulai, en larmes.

— Puis là, si je comprends bien ce que j'ai lu dans la lettre, je pense qu'elle va se… se…

Je ne pus prononcer le mot fatal.

— J'en reviens pas, dit Michel entre deux sanglots. Puis ma mère qui est au courant puis qui croit pas sa propre fille! Moi, je pensais qu'elle l'aimait, ma sœur. Elle m'a jamais aimé, moi. Mais, c'était plus grave, astheure. Je pensais qu'elle aimait Manda, ça me suffisait. Moi, Manda, je l'aime tellement fort! Pourquoi ma mère l'a pas crue? Je comprends pas!

Ma mère prit une longue inspiration et mit une main sur celle de Michel.

— Tu sais, mon grand, parfois les adultes ont pas la force d'accepter certaines vérités, dit-elle. C'est difficile à comprendre-

— Êtes-vous en train de défendre ma mère, vous?

— Non, Michel. Je la défends pas. J'essaye juste de comprendre, moi aussi. Si Jocaste m'avait annoncé une affaire de même, je sais pas comment j'aurais réagi.

— Même pas vrai, m'man! m'écriai-je. Moi, je le sais que tu me croirais! Parce que t'es une bonne mère!

— OK, je pense qu'on devrait arrêter de faire le procès de madame Montblanc, là, dit mon père. Dis-moi, ma puce, t'étais au courant depuis quand?

Je ne pus répondre, car mon frère Rénald entra en trombe dans ma chambre.

— P'pa!

— C'est qui a, Ray?

— Y a une ambulance dehors. Ils amènent la voisine d'en haut à l'hôpital. Monsieur Taupin voudrait te parler une minute.

Mon père sortit. Michel, ma mère et moi arrêtâmes de pleurer pour regarder, par ma fenêtre, le brouhaha dans la cour. Nous vîmes madame Montblanc sur une civière, que des ambulanciers grimpaient dans le véhicule. Son mari parlait à mon père, gesticulant sans cesse. Il monta à bord de l'ambulance. Papa revint dans ma chambre.

— Candide, viens avec moi, faut que je te dise deux mots. Les enfants, reposez-vous un instant, ça va vous faire du bien.

Je n'en crus pas mes oreilles, ni mes yeux. Mes parents sortirent de la pièce en refermant la porte. Ils me laissaient seule avec un garçon, fermant eux-mêmes la porte! Les nouvelles devaient être graves. Michel resta assis sur mon lit. Je le rejoignis et plaçai ma tête sur son épaule.

— Est-ce que tu penses qu'elle en a parlé à mon oncle?

— Non, je pense pas. Elle voulait pas en parler à personne.

— Pourquoi elle me l'a pas dit, Jo?

— Parce que… bien… elle m'a dit que tu en avais assez sur les épaules de même.

— Je l'aurais crue, moi.

— Elle le sait. Je le sais aussi. C'est pas pour ça, Mich.

— Pourquoi, d'abord?

Mon père ouvrit la porte. J'eus à peine le temps de redresser ma tête qu'il était entré. Il tortillait ses doigts, son visage livide trahissait son désarroi. Au loin, dans la cuisine, j'entendais ma mère pleurer.

— P'pa, qu'est-ce qui se passe? Pourquoi m'man pleure? Pourquoi t'es blême comme un drap?

— Jocaste, Michel, j'ai une mauvaise nouvelle à vous apprendre. Michel, ta mère est partie à l'hôpital pour un choc nerveux. Elle a reçu un appel, pas longtemps après que tu sois descendu ici, tantôt.

Il se tut, se mit à marcher de long en large. Après quelques secondes, il s'arrêta. Il vint s'asseoir entre nous.

— Le téléphone, c'était ton oncle, au Lac-Saint-Jean, Michel. Il est arrivé-

— Il est arrivé de quoi à ma sœur? cria mon amoureux en bondissant sur ses pieds.

— Tu ferais mieux de te rasseoir, mon grand, poursuivit mon père. Bien. Ils ont retrouvé Amanda… ils l'ont trouvée… elle était… elle était pendue dans la grange, ce matin.

Quand je repris mes esprits, je vis ma mère assise sur une chaise, à côté de mon lit. Ma chambre était sombre. Sans doute avait-on tiré les rideaux.

— Maman? murmurai-je.

— Qu'est ce qui a, ma chouette? répondit-elle de sa voix la plus douce.

Ses yeux étaient cernés de violet, gonflés par les larmes.

— Maman, j'ai froid.

— C'est normal, ma puce.

— Maman? J'ai fait un cauchemar.

— Non, Jocaste. C'est la réalité, ma puce. Je suis désolée.

— Où est-ce qu'il est, Michel?

— Dans le salon. Ton père en prend soin.

— Il est-tu correct?

— Il va être correct, puce. Papa s'en occupe.

Elle réprima un sanglot, sa voix se coupa.

— Je comprends pas, Jo. Elle avait juste douze ans! On se pend pas, à douze ans! On est une enfant, à douze ans!

Elle pleurait. J'ignorais qu'elle aimait mon amie. Je savais qu'elle l'appréciait, mais j'ignorais qu'elle l'aimait.

— M'man, ça fait longtemps que Manda puis moi, on est plus des enfants.

— Je sais, mais je veux pas, bon! Comment ça qu'on s'est rendu compte de rien, hein? Sur nos têtes! Ça s'est tout passé sur nos têtes! Ce logement-là est-tu maudit, ou quoi?

Je laissai ma mère délirer dans sa souffrance. La mienne me rongeait bien assez. Je dus garder le lit toute la journée, incapable de me tenir sur mes jambes. En soirée, Michel fut autorisé à me visiter. Nous pleurâmes ensemble, dans les bras l'un de l'autre. Mes parents installèrent un matelas gonflable dans ma chambre. Ils demandèrent à Rénald d'y dormir et de prêter son lit à Michel pour la nuit. La nuit où j'ai compris ce que signifiait l'expression : « nuit blanche ».

- 8 -

Après avoir fermé mon cahier, hier, j'ai pleuré longuement. Je n'ai pas pu souper : j'avais la gorge trop nouée. J'aurais aimé écrire plus longtemps, pour me libérer, mais la lumière de ma petite lampe ne suffisait pas. J'ai avalé mes médicaments, puis je me suis endormie dans la certitude de revivre la mort d'une partie de moi-même. Ce matin, je continue mon pèlerinage sur papier. Le givre recouvre presque toute la surface de ma fenêtre. Il m'est impossible d'y voir le monde. La vitre glacée me protège de l'extérieur. Les pilules me protègent de ma folie.

Mon père, flairant le danger de laisser Michel en compagnie de monsieur Taupin, réussit à convaincre madame Montblanc-Taupin de permettre à son fils de vivre avec nous jusqu'à l'enterrement d'Amanda. Le jour de la cérémonie, je ne m'étais levée de mon lit que pour mes besoins primaires. Je traînai mes pieds jusqu'à l'église, où je fus séparée de mon amoureux, qui dut s'asseoir avec sa mère. La révolte grondait en mon âme : Amanda détestait tant Dieu! Que faisait-elle, couchée dans cette minuscule boîte blanche, au centre de l'allée d'un temple catholique? Je m'attendais à la voir sortir pour crier de la laisser tranquille. L'image provoqua un raz-de-marée acide dans mon œsophage. Je ne pus pas m'enfuir de la cage formée par le banc où ma famille était assise et celui de devant. Je vomis ma honte, ma culpabilité, entre mes pieds. Le service fut retardé de quelques minutes, le temps de nettoyer. Ma mère en profita pour me guider à l'extérieur, où je pus respirer l'air pur.

Après l'interminable oraison, il fallut nous rendre au cimetière en voiture. Sur place, un cortège se forma derrière le cercueil. Nous marchâmes vers la fosse où nous attendait un homme. Il prononça un discours, sûrement le même que pour tous les autres morts. Je dus me retenir de défaillir. Une force nouvelle naquit en moi. Je présumai qu'il s'agissait de mon amie, du haut de son nuage, qui m'insufflait du courage. Le courage de supporter monsieur Taupin, devant moi, dans son habit noir, de voir des larmes couler sur ses joues rasées. Le courage de prendre la bonne décision.

— Papa? murmurais-je à mon père en tirant sur la manche de son veston.

— C'est qui a, ma puce? me répondit-il entre ses dents.

— Amène-moi au poste de police, s'il te plaît.

— Attends, c'est pas fini encore. Pourquoi, la police?

— Il faut que je leur dise, c'est tout.

Mon père compris que je devais agir immédiatement. Je fis mine d'être victime d'une faiblesse. Il me souleva en s'excusant. Il me porta jusqu'à l'auto, dans laquelle il m'installa. J'attendis de sentir que nous nous éloignions du cimetière pour reprendre vie.

— Merci, p'pa.

— C'est rien. T'as pris la bonne décision. Les policiers vont être heureux que tu leur parles enfin. Je vais te laisser là, puis après que ta mère puis tes frères vont être rendus à la maison, je vais revenir te chercher.

Le poste de police. Un endroit froid et réconfortant à la fois. À l'accueil, on me demanda de m'asseoir. Après quelques minutes d'attente, bercée par les sonneries de téléphone et le brouhaha des discussions, un inspecteur en complet s'arrêta devant moi.

— Jocaste, c'est ça?

Je me levai.

— Dis donc, toi, t'es presque aussi grande que moi!

— Ma mère dit tout le temps que je suis bien que trop grande pour mon âge, m'sieur.

— Je te crois! Tiens, tu m'arrives à la moustache.

Il rit, ce qui me mit à l'aise. Je le suivis dans une petite pièce où je m'assis sur une chaise de plastique vert délavé. Je déballai mon sac d'un trait.

— Vous savez, dis-je en guise de conclusion, j'aurai aimé vous dire tout ça avant, mais j'étais juste pas capable. C'était comme… comme pris dans ma gorge.

— Je comprends ça, Jocaste. Mais, ce que tu viens de me dire là, c'est ce qui va nous permettre d'aller plus vite dans l'enquête. Veux-tu l'écrire, s'il te plaît?

— Pourquoi?

— Parce que si tu l'écris, ça va aller dans le dossier, puis ça peut nous servir plus tard, contre monsieur Taupin. Si tu dis vrai, on pourrait aussi te demander de venir à la cour.

— C'est stressant, ça! Mais… j'imagine que si je l'écris pas, ça aura servi à rien que je vous raconte tout.

— T'as tout compris!

Il m'apporta une pile de papier avec deux stylos. Me retrouvant seule, je pris mon temps pour relater les confidences de mon amie. Les lettres devaient être parfaites. Je souhaitais que ces feuilles, que je tachais d'horreur, puissent être lues pendant des siècles. J'avais l'impression, à chaque mot tracé, que j'enfonçais un pieu dans le cœur du coupable. Je me sentais puissante.

— As-tu fini, Jocaste?

La porte s'ouvrit sur l'inspecteur. Je lui confirmai, par un signe de la tête, que mon travail était terminé. Il entra.

— Je te félicite pour ton courage, Jocaste.

— C'est pas du courage, m'sieur. C'est de la vengeance.

— Ça, c'est l'impression que t'as astheure. Tu vas le sentir plus tard que ça sert à rien de se venger, puis que rien de ce que tu pourras faire va vraiment te libérer de ton mal. Mais, tu vas sentir aussi que ce que tu as fait, après-midi, va aider à ce qu'il y ait plus d'autres filles qui subissent ce qu'Amanda a subi.

Ces mots m'arrachèrent un torrent de larmes. Il avait raison. Je sentais déjà que le vide, la souffrance étaient toujours présents. Je ressentais néanmoins une petite fierté. J'étais certaine d'avoir posé le meilleur geste. Ma naïveté d'adolescente qui ne connaît rien de la vie m'aveuglait. Je croyais que monsieur Taupin serait arrêté sur-le-champ.

— Écoute-moi bien, Jocaste. Ce que je vais te dire est bien important. Je vais te demander de quoi de vraiment difficile, mais de vraiment important. Il faut que tu fasses semblant de rien. Il faut pas que monsieur Taupin ou madame Montblanc-Taupin sachent que tu nous as parlé. Il faut même pas que ton ami, Michel, le sache.

— Vous connaissez tout le monde! m'étonnais-je.

— Je pense que t'as pas bien compris, dit-il en me prenant les mains. Jocaste, c'est crucial, il faut pas que personne sache que t'es venue nous parler. Les policiers du Lac-Saint-Jean puis nous autres, on veut résoudre cette enquête-là le plus vite possible. Ça nous fait bien de la peine qu'une ado soit morte. On aime pas ça, nous autres, les décès. Tu sais quoi?

— Non.

— J'ai une fille de ton âge, tu sais. Le soir, quand je rentre à la maison, je la regarde, puis je me dit qu'Amanda méritait tellement pas ce qu'elle a vécu. Je sais combien ton amie est importante pour toi. Tu vas nous aider, hein?

— C'est sûr, m'sieur. Là, je peux-tu retourner chez nous, s'il vous plaît? demandais-je en fondant en larmes.

Mon père m'attendait à l'accueil. Avant de nous laisser partir, l'enquêteur répéta à quel point il était crucial que personne ne se doute que j'avais rencontré les autorités. Dans l'auto, papa me rassura.

— C'était la meilleure chose à faire, ce que t'as fait ma puce. Là, en arrivant, je vais aller chercher Michel, puis je vais l'amener boire un pepsi au restaurant du coin pour lui faire comprendre que la police veut pas qu'il parle de ça à personne. Toi, tu iras te reposer. Ta mère t'attend avec des sandwichs.

Les jours suivants, je ne sortis de ma chambre que pour manger, me laver et aller aux toilettes. La rentrée scolaire, qui eut lieu la semaine d'après, m'obligea à quitter mon nid protecteur. J'entrai au secondaire à reculon. Nous avions prévu nous amuser, Amanda et moi, à la polyvalente. Nous avions tant parlé de ce moment où nous serions officiellement adolescentes. Voilà que je m'en balançais! Michel et moi, nous nous rendions à l'école ensemble. Nous nous retrouvions entre les cours. Mes frères le remarquèrent, mais n'en glissèrent pas un mot à nos parents.

Pendant les heures de classe, je me faisais violence pour me concentrer sur l'enseignement. Ces quelques moments me permettaient de m'évader de l'horreur qui naissait déjà dans mon cerveau. Lorsque je me retrouvais seule dans ma chambre, le soir, je dévorais des romans. Tant que j'arrivais à m'occuper, je distrayais mon esprit. Je bloquais les pensées envahissantes. Une fois au lit, elles surgissaient, tels des monstres, me prenant entièrement, m'empêchant de sombrer dans le sommeil. La culpabilité me rongeait comme un chien gruge son os. La solitude me ravageait l'âme. Je m'endormais, épuisée. Je m'éveillais après une heure, victime d'un cauchemar. Je devais lire pour me libérer de l'emprise des rêves. Au total, je ne réussissais à dormir que trois ou quatre heures par nuit.

Un samedi matin du mois d'octobre, ma mère m'envoya prendre l'air, prétextant que la belle journée et le soleil radieux auraient des effets bénéfiques sur mon moral. Au déjeuner, j'avais vu madame Montblanc-

Taupin partir, avec son mari, les bras chargés de valises. Je décidai de monter m'informer de la situation. La porte n'étant pas verrouillée, j'entrai.

— Allô? Il y a quelqu'un?

J'entendis un léger bruissement. Michel sortit de sa chambre en sous-vêtement. Les cheveux ébouriffés, il se frottait les yeux. En m'apercevant, il sourit et ouvrit les bras. Je courus m'y blottir. Sa peau chaude diffusait un parfum doux, me rappelant les plus beaux jours des étés heureux du passé.

— T'es-tu tout seul longtemps? J'ai vu ta mère partir, ce matin-

— Ouin, parle-moi en pas! La bonne femme est partie avec son gros cochon de rat d'égout pour la fin de semaine.

— Hein? Comment ça?

— Ils font un petit voyage, parce que la mère dit qu'elle a besoin de changer d'air, parce qu'elle dort mal, parce que tout lui rappelle ma sœur. Crisse! C'est à moitié de sa faute à elle, puis elle s'en rend même pas compte, la grosse putain sale! Je te le dis, ma belle, aussitôt que j'ai dix-huit ans, je décrisse d'ici!

— Mich, t'es bouillant. Tu fais-tu de la fièvre?

— Non, je viens de me lever. Viens, on va se rouler un pétard.

— Tu devrais déjeuner, avant.

— Bah, non, j'ai pas faim.

Il avait perdu du poids. Moi de même. Je le suivis dans sa chambre où régnait maintenant un désordre total. Sur la table de chevet trônait la peluche favorite d'Amanda, une vieille souris bleu et rouge. Michel confectionna le joint. Je m'assis, respirai profondément pour m'imprégner du mélange de l'odeur d'*Irish Spring* et de celle de la poussière.

— C'est une bonne idée, le pétard, dis-je. Il y a rien que ça qui me calme.

— Je sais, moi avec ça me fait du bien. Putain, si tes parents savaient-

— Eille, parle pas d'eux autres! Ils me traitent comme si rien s'était passé. Ils me rendent malade.

— Qu'est-ce que tu veux dire?

— Bien, ma mère me parle encore comme à une enfant de maternelle. Mon père me regarde même pas, la plupart du temps. Avant, il me souriait au moins, quand il me croisait. Là, on dirait qu'il me voit plus.

— Jo, tes parents sont super, tu devrais t'en rendre compte. Je pense qu'ils savent juste pas comment agir avec toi.

Il alluma la drogue et en inhala quelques bouffées avant de me la passer.

— Tu sais, je pense juste que ta mère est pas capable d'accepter la réalité. Si toi tu es une ado, ça veut dire qu'elle devient vieille. Il y a beaucoup de femmes qui sont pas contentes de vieillir, tu sais.

— Ouin, dis-je en expulsant un nuage toxique. Bien moi, j'en ai plein le cul. Ils se demandent pourquoi je leur parle jamais de rien. Crisse! Je peux même pas, ils pensent que je pense que les bébés arrivent par des livraisons de cigogne.

Le joint se termina. Michel se leva, alla le jeter dans la toilette. Il ne se donnait plus la peine d'ouvrir les fenêtres pour chasser l'odeur. Il revint, entra dans la pièce, s'immobilisa en se grattant le derrière de la tête.

— Je mets-tu du Metallica ou du Guns?

— Du Metallica. Master of pupets.

Les effets de la marijuana prirent possession de mon corps. Une envie de tendresse me prit. Je couchai ma tête sur l'épaule de Michel. Le besoin de chaleur humaine devint une rage. Je le fis savoir à mon amoureux par des petits baisers dans le cou. Nous nous abandonnâmes à un échange passionné, comme mus par l'énergie du désespoir, cherchant l'un dans l'autre les vestiges de la vie.

Je ne quittai l'appartement que vers dix-sept heures. J'avais pris le temps de me recoiffer. J'avais également aéré mes vêtements pour en retirer le parfum de la marijuana. Une étincelle, un reste de chaleur humaine, me collait au cœur. Ma démarche devait être plus légère, mes yeux moins humides, à en juger par le sourire de ma mère lorsque j'entrai dans la cuisine.

— Toi, tu as passé une belle journée, me dit-elle, sa cuillère de bois en l'air d'où des gouttes de bouillon s'écoulaient.

— Ouais.

— T'es allée voir Michel?

— Comment tu le sais?

— Je t'ai vu monter, ce matin. Comment il va?

— Mal.

— Je suis sûre que ça lui fait beaucoup de bien que tu t'occupes de lui, ma puce. En plus, c'est bon pour toi aussi. J'aime pas beaucoup le fait qu'il est pas mal plus vieux que toi, mais au moins, ça te fais un ami qui te comprend. Tu dis qu'il va mal?

— Ouin. Il déteste sa mère plus que son beau-père, je pense.

Maman remit sa cuillère dans son chaudron, s'essuya les mains sur son vieux tablier rose et s'assit. L'odeur du poulet bouilli m'écoeurait, mais je ne m'enfuis pas.

— Jocaste, comment peux-tu croire qu'il déteste réellement sa mère? Il lui en veut, c'est normal, mais on peut pas détester sa mère.

— Oh, m'man, crois-moi, je suis certaine que Mich, lui, il peut. Tu sais, madame Montblanc a jamais voulu de lui. En plus, depuis que… depuis… bien, depuis que Manda est partie, la mère de Michel fait comme si elle avait pas d'enfant.

— T'exagères, ma puce.

— Bien non, Mich me l'a dit.

— Il t'a peut-être raconté un peu des histoires-

— M'man, je l'ai vue! Je suis allée, l'autre soir, tu sais, pour lui apporter la lettre que le facteur avait laissée ici par erreur, là?

— Ouin?

— Bien, je suis rentrée et elle était assise dans la cuisine. Michel est sorti de sa chambre quand il a entendu ma voix puis, là, madame Montblanc, elle m'a dit : « Merci pour la lettre, t'es une bonne fille. Si j'avais des enfants, je voudrais qu'ils soient amis avec toi ». Si t'avais vu la face de Mich!

— Oh! Boy! Elle est en train de virer folle, la pauvre!

Ma mère se releva. Elle retourna à son souper, ne m'adressant plus un mot. Ses traits s'étaient crispés. Elle échappa la salière, puis sa cuillère. Je me retirai dans ma chambre.

Après cet échange, maman me surveilla de près. Je ne fus plus autorisée à monter chez madame Montblanc. Par contre, Michel avait la permission de venir à la maison, tant que nous restions dans le salon ou la cuisine.

Quelques semaines passèrent. Un midi, où je tentais d'avaler mon dîner en compagnie de ma mère et de mes frères, nous entendîmes un hurlement à glacer le sang. Le son de pas de course provint d'en haut. Un bruit sourd, des coups. Déric et Fabien montèrent immédiatement. Maman téléphona à la police. Rénald me retenait sur ma chaise par une pression sur mon épaule.

Des cris. Seulement des cris par la suite. La sirène d'une auto de patrouille envahit la ruelle. Les secours arrivaient trop tard pour éviter le drame. Mes frères redescendirent à la maison. Quelques secondes plus tard, deux ambulances entraient en trombe dans la cour.

— Qu'est-ce qui s'est passé, pour l'amour de Dieu? hurla ma mère.

— C'est Michel qui a capoté! répondit Déric en tremblant. Il a-

— Il a quoi? criai-je.

Déric et Fabien s'assirent en silence, les yeux fixant le vide.

— Il a attrapé le Taupin, raconta Fabien d'un ton de robot. Michel, il a attrapé Taupin, puis il lui a coupé la quéquette. Quand on est arrivés en haut, Mich tenait le moineau de son beau-père et le frappait avec. Il y a du sang partout, m'man!

Je repris connaissance. Les sirènes s'étaient tues. Étendue dans mon lit, je me questionnais sur les événements. S'agissait-il encore d'un mauvais rêve ou était-ce la réalité? Un nouveau vilain tour de mon esprit torturé? L'expression de mon envie de voir cet homme souffrir autant qu'il avait fait souffrir? Ma mère entra, une serviette humide à la main. Elle s'en servit pour me rafraîchir le front.

— J'en peux plus, m'man.

— Je sais, répondit-elle en baissant les yeux. Tu l'aimes beaucoup, Michel, hein?

— Ouin.

— Beaucoup comme tu aimais Amanda, ou...

J'eus l'impression que des points de suspension se formaient dans les airs, tant le ton de sa voix sous-entendait ce qu'elle ne voulait pas entendre. Je soupirai.

— Excuse-moi, Jocaste. C'est juste que j'arrive pas à te suivre. T'en es où, dans ta vie? Je le sais pas. Ça me dépasse.

— C'est correct, m'man.

Elle m'épongea le front. Je sentais ses mains trembler.

— Jocaste?

— Quoi?

— Toi, monsieur Taupin, il t'a-tu… il a-tu-

— Quoi?

Je me redressai trop vite, provoquant un étourdissement qui me rejeta la tête sur l'oreiller.

— Maman! Non! Je l'ai toujours détesté. Il me faisait peur, ça fait que je suis jamais restée toute seule avec lui.

— OK, je suis soulagée.

Elle tourna sa tête à gauche, vers la fenêtre. Je remarquai ses épaules voûtées, anciennement bien droites.

— Pauvre Michel, soupira-t-elle. Un si jeune homme. Puis là, sa vie est gâchée.

— Voyons, m'man, ça fait longtemps que sa vie est gâchée.

— Bien là-

— Oui, m'man. Tu sais, je vais te le dire parce que là, ça devient trop dur pour moi. Madame Montblanc, là, elle a été violée à dix-neuf ans, puis-

— Puis Michel est né?

— Tu le savais? m'étonnais-je.

— Non, mais ça explique bien des choses.

Elle se leva, sortit de ma chambre. Elle marchait la tête basse. Restée seule, je me questionnais. Pourquoi les policiers n'étaient-ils pas venus chercher le Taupin quand je leur avais parlé? S'ils l'avaient arrêté, Michel n'aurait pas perdu les pédales. C'était leur faute.

Ma mère revint avec deux verres de jus d'orange.

— Tiens, ma chouette, ça va te faire du bien, dit-elle en m'en tendant un.

— Merci. M'man? Pourquoi que la police a pas arrêté Taupin? Ils m'ont pas crue quand je leur ai parlé?

— Bien non, Jo. C'est juste que c'est long, une enquête. Tu sais, l'inspecteur nous téléphone régulièrement. Il m'a dit, la semaine passée, qu'il ne manquait que quelques preuves pour passer à l'arrestation. Que c'était une question de jours!

— Qu'est-ce c'est qu'il leur manquait tant, coudonc?

— Bien, je pense que t'es assez grande pour comprendre. L'inspecteur était ici, tantôt, puis il m'a dit qu'il avait eu les résultats ce matin. Il attendait le mandat d'arrêt dans la journée. Il serait venu l'arrêter ce soir, au plus tard.

Sa voix se brisa sur un sanglot. Elle pleurait amèrement. Pas le genre de larmes qui s'écoulent en regardant un film triste. Non. Ses larmes étaient acides.

— Ils ont découvert qu'est-ce qui a poussé Amanda au suicide.

— Quoi?

— À l'autopsie, ils l'ont découvert, mais ils en ont pas parlé à personne, parce qu'ils voulaient pas que ça nuise à l'enquête. Le problème, c'est que… bien, l'inspecteur dit qu'il y a sûrement eu une fuite quelque part. Michel l'a appris.

— Appris quoi, crisse! m'écriais-je.

Ma mère sursauta à mon langage. Ses épaules cessèrent de sautiller. Elle ravala.

— Excuse-moi, puce, je… je suis un peu confuse. Je… j'ai de la misère à parler. Puis, tu sais que je veux pas que tu parles de même. Mais, c'est pas grave. C'est pas grave.

Elle attrapa ma boîte de mouchoirs, au pied de mon lit, se moucha, ferma les yeux. Elle sembla méditer quelques minutes.

— Amanda était enceinte, Jocaste. Les policiers attendaient l'analyse pour être sûrs que c'était Tau… monsieur Taupin qui… bien… qui…

— C'est correct, m'man, je sais comment on fait des bébés, quand même! J'en reviens pas! Il lui a fait ça!

Non seulement l'agresseur de mon amie lui avait semé la mort au cœur, il lui avait semé un enfant au ventre.

— Manda a dû avoir peur, m'man. Peur de vivre la même chose que sa mère. Peur parce que sa connasse de mère la croyait pas. Comment c'est qu'elle aurait pu lui dire qu'elle était enceinte de son beau-père? La bonne femme l'aurait pas crue, l'aurait battue, l'aurait foutue à la porte! Il aurait fallu qu'elle se fasse avorter... à douze ans! À cause d'un ostie de gros crisse de cochon à marde!

— Jocaste!

— Oh, arrête, m'man. Là, je suis trop fru pour faire semblant d'être une bonne petite fille! Trop, c'est trop! Il mérite la mort, le rat d'égout!

Je me levai en vitesse. Je courus à la salle de bain, juste à temps pour vomir tout mon dégoût. Je ne pus me relever. Je fondis en larmes. Je pleurai tant que je n'entendis pas ma mère me rejoindre. Elle me caressa le dos tout au long de la crise. Que pouvait-elle faire d'autre? Je finis néanmoins par me calmer. Elle m'aida à retourner à mon lit.

— M'man?

— Quoi?

— Qu'est-ce c'est qui va arriver à Michel?

— Je sais pas.

— Je pourrai plus le voir, hein, c'est ça?

— Pas mal sûr, fille.

— Qu'est-ce que je vais devenir, sans lui?

— Tu vas te faire d'autres amis, ma puce.

— Oh! Merde! Toi, quand tu décides que tu veux rien comprendre, t'es une championne! Je suis plus en maternelle, maman! Les amis, quand t'as six ans, ça se remplace. Pas quand t'es ado. Puis, Michel, moi, je l'aime. Puis ça, ça se remplace pas!

Quelques jours s'écoulèrent. Je ne quittais plus ma chambre que pour me rendre à l'école. Mon père aida madame Montblanc-Taupin à déménager. Toutes les fins de semaine, avec l'aide de mes frères, il nettoya et rénova l'appartement du haut. Trop d'horreurs s'y étaient produites pour espérer le louer de nouveau sans le transformer radicalement.

Michel fut envoyé en centre jeunesse. Monsieur Taupin se retrouva en prison en attendant son procès. Ma mère s'appliquait à me faire comprendre que je ne devais pas suivre l'affaire, que, de toute façon, le processus serait long. Que je devais me concentrer sur mes études.

Je dormais mal. Maman, inquiète, m'amena consulter un médecin. Après lui avoir raconté les événements, il m'examina. De retour du côté bureau du cabinet, il se racla la gorge.

— Écoute, la petite, là, dit-il en retirant ses lunettes, il faut que sois plus forte que ça! La vie, c'est pas toujours rose, puis plein de bonbons, tu sais. C'est arrivé, tu n'y peux rien, fais avec.

Si j'avais eu de l'énergie, je lui aurais sauté au visage.

— Madame Levasseur, poursuivit le médecin, surveillez son poids. Si elle se met à maigrir à vue d'œil, faudra aller à l'hôpital, parce qu'elle est pas mal maigre, votre fille.

C'est ainsi que je retournai à la maison, ma mère convaincue que ce qu'il y avait de mieux pour moi était de me replonger dans la routine de la vie. Trop d'émotions sommeillaient en moi, guettant le moindre instant de faiblesse pour ressurgir. Une rage grise m'obsédait. J'en voulais à monsieur Taupin. Par contre, mon agressivité était plutôt concentrée sur madame Montblanc-Taupin. Elle avait manqué à son rôle sacré de parent. Elle avait résilié son contrat de protection envers Amanda.

La nuit, le même rêve me hantait. J'étais armée d'un couteau de cuisine. Je grimpais l'escalier, entrais dans le logement, me dirigeais dans la chambre où madame Montblanc-Taupin dormait, sans défense. Je levais mon bras très haut, pour prendre un grand élan. Je plantais ma lame dans son utérus. Ensuite, alors qu'elle criait, je sortais l'arme très lentement, puis la renfonçais à nouveau dans son ventre, juste au-dessus du nombril. Je riais. Elle hurlait. Je tournais mon instrument doucement. Ses yeux s'écarquillaient sous la torture. Je lui murmurais qu'elle ne méritait pas de vivre, après avoir suicidé sa fille et transformé son fils en criminel. Je retirais le couteau. D'un long geste, je lui tranchais la gorge. Ce rêve finit par me suivre également le jour, même lorsque j'étais éveillée.

Ma première année au secondaire fut pénible. Je réussis néanmoins à obtenir la note de passage dans toutes les matières. Les cernes sous mes yeux ne semblaient préoccuper aucun enseignant. Ma mère n'y portait plus attention. Les vacances commencèrent sous le soleil, alors que mon âme était toujours prisonnière d'un orage perpétuel. Je dormais mieux, puisque je ne devais pas me lever tôt pour me rendre à l'école. Des cauchemars m'assaillaient régulièrement. Je décidai de n'en glisser mot à personne. Je n'écrivais plus à ma grand-mère.

De nouveaux locataires, un jeune couple avec un bébé, s'installèrent dans le logement d'en haut. Je devins leur gardienne, ce qui me permettait d'obtenir de l'argent pour acheter de la marijuana. J'avais rencontré un garçon qui en vendait, au parc, près de la rivière. Sous l'effet de la drogue, mon cerveau se calmait, les visions d'horreur disparaissaient.

- 9 -

Ce matin, Rénald est venu me visiter. Il s'agissait de mon premier visiteur depuis mon enfermement. Ses yeux tristes, son sourire timide m'ont effrayée. J'ai cru qu'un nouveau malheur s'était abattu sur notre famille. Il n'en était rien. Mon frère se sentait simplement mal à son aise, dans ce lieu glacial. Je me suis jetée à genoux, devant lui, en pleurant. Je lui ai demandé pardon. « Relève-toi, nounoune » qu'il m'a dit en m'offrant sa main. Il m'avait déjà pardonné. Il m'a confié qu'il s'était renseigné sur le trouble qui m'assaille. Il savait dorénavant que je n'étais pas responsable de mes actes, à l'époque où j'ai commis l'irréparable. Il m'a aussi avoué que ce sujet était tabou entre les membres de la famille. Il était le seul à comprendre. Pour les autres, je suis coupable, morte et enterrée. Rénald a promis de revenir me voir. Sa visite a posé quelques diachylons sur les plaies, aux confins de mon âme. Je peux écrire, ce soir : mon crayon est léger.

Ma deuxième année au secondaire s'amorçait très mal. Ma tristesse me rendait vulnérable. J'étais très grande; selon les paroles de ma mère, j'étais formée. Je passais facilement pour une fille de seize ans. Un garçon de quatrième année commença à tourner autour de moi dès la rentrée. Il s'appelait Brian O'Neil. Vers la fin de septembre, il m'invita à l'accompagner au cinéma. J'acceptai.

Michel me collait à la peau, mais j'avais désespérément besoin de vivre. J'eus l'impression de trahir mon ami. J'effaçai cette pensée de mon esprit. Michel comprendrait, s'il savait. Il désirait que je sois heureuse. Il me l'avait répété tant de fois, jadis.

Mon premier rendez-vous avec Brian fut presque ennuyant. Après le film, nous marchâmes le long de la rivière Saint-Charles. Il parlait beaucoup, je me taisais volontiers. J'étais simplement heureuse de partager un samedi avec un copain. Le vendredi soir suivant, nous retournâmes au cinéma. Cette fois, aucun long métrage ne nous intéressait. Je suggérai de nous balader dans Saint-Roch, quartier qui me fascinait par ses vieux édifices, ses habitants étranges et ses petits commerces. Brian m'entraîna dans un stationnement couvert. Seuls, dans la pénombre, nous échangeâmes des baisers timides. Je sentais sa retenue, son hésitation. Il croyait sans doute que je n'avais jamais partagé de moments intimes avec un garçon.

Je pensais à Michel, dont la présence m'insufflait tous les fantasmes du monde. Brian représentait l'antithèse de mon ancien amoureux : il avait les cheveux longs, blonds, les yeux verts printemps, le visage ovale. Il était maigre, sans muscles, de la même grandeur que moi. Sa voix n'était ni aiguë ni grave. Je chassai l'image de Michel de mon esprit. Je me concentrai sur le moment présent. Les mains de Brian exploraient mon dos. La chaleur humaine me donnait des forces. Devais-je lui laisser croire qu'il m'ouvrait la porte des découvertes ou écouter mon besoin de sentir la vie en moi? Je n'éprouvais aucun sentiment de sécurité, entre ses bras sans virilité. Néanmoins, j'étais puissante, libre. Ma décision fut spontanée. Je pris les devants en glissant ma main entre ses jambes. La demi-heure qui suivit scella notre union.

Quelques jours plus tard, il me présenta à ses copains, quatre garçons de seize ans, ainsi que la blonde de l'un d'entre eux, qui avait quinze ans. Je me retrouvais la plus jeune du groupe. Personne ne s'en formalisa longtemps. Mes parents, par contre, n'approuvèrent pas mes fréquentations. La différence d'âge les effrayait. Je plaidai ma cause en mettant en lumière mes nuits moins agitées. Je remportai cette bataille. J'obtins la permission de me rendre chez mon petit ami, mais seulement les fins de semaine.

En effet, nous nous regroupions toujours chez lui. Sa mère n'était que rarement présente. Mère célibataire, elle avait élevé son fils seule, le père l'ayant abandonnée avant la naissance de Brian. Elle possédait un salon de coiffure, dans le sous-sol de son frère, à Loretteville. Lorsqu'elle ne travaillait pas, elle fréquentait les bars. Nous avions l'appartement à notre entière disposition, détail que mes parents ignoraient.

Nous fumions de la drogue, buvions du Pepsi ou de la bière, jouions au Monopoly, aux cartes, à la PlayStation. Parfois, nous louions des films. Souvent, pendant que les copains disputaient un match de hockey dans le salon, Brian et moi nous enfermions dans sa chambre pour une trentaine de minutes, le temps d'assouvir nos besoins.

Afin d'éviter de mettre mes parents au parfum de mes activités, je prenais soin de laisser mon manteau et mes bottes à l'extérieur, chez mon petit ami. Malheureusement, un après-midi, j'oubliai cette précaution. Je rentrai à la maison par la porte de la cuisine. Déric était assis à la table. Il discutait avec maman, qui cuisinait le souper. Il arrêta de parler lorsque je passai près de lui pour me rendre à ma chambre. J'entendis son inspiration derrière moi.

— Câli… euh… crime, Jo, tu sens le pot à plein nez! s'écria-t-il.

Ma mère échappa son éternelle cuillère de bois. Je courus dans ma chambre, claquai la porte, m'y collai le dos. Ma respiration sifflante m'étouffait. Comment avais-je pu oublier de laisser mon manteau dehors? J'entendis des cris, dans la cuisine. Je sentis une pression sur ma porte. J'en appliquai une en réponse. Je fus tout de même projetée par terre. Brusquement, mon père, le visage livide, apparut.

— Jocaste Levasseur! beugla-t-il. Veux-tu bien me dire ce qui te prend de te tenir avec des petits délinquants? C'est-tu vrai que t'as fumé du pot? Envoye, répond!

Vite, mon cerveau devait trouver une défense.

— Non, p'pa, j'ai rien fumé, dis-je en prenant une petite voix enfantine. C'est un gars qui se tient pas avec nous autres d'habitude. Il est venu faire un tour, puis il a fumé. Tout seul. Comme un con-

— Bien, oui! Veux-tu m'inventer une autre histoire ou tu continues avec elle?

J'eus un éclair de génie : j'allais frapper fort. Déric regretterait de m'avoir vendue! La vengeance est douce au cœur de l'indien et encore plus au mien.

— Voyons, p'pa. Y'a rien là, d'être dans la même pièce que quelqu'un qui fume un peu de pot. Déric fait bien pire que ça, lui. Si tu savais…

Mon père passa du rouge coq au blanc vert, comme s'il se trouvait dans les montagnes russes de la Ronde.

— C'est qu'il a fait de si pire, ton frère, coudonc? souffla-t-il entre ses dents.

— Bien, si tu veux le savoir-

— Oui, je veux le savoir!

— Quand je suis rentrée, l'autre soir, je l'ai vu avec une fille, dans ruelle. Tu sais, le coin qui font, les deux vieilles maisons, vers le centre, là? Tu sais, là où on se cachait quand on était petit puis qu'on jouait à la cachette avec toi, là? En tout cas, c'était pas bien beau à voir.

— Quoi c'est qui était pas beau à voir, Jo? Je veux savoir!

— Bien, c'est gênant à dire, dis-je en feignant d'être scandalisée.

— Je suis ton père, tu peux tout me dire, continua-t-il d'une voix plus douce.

— OK. Bien, Déric, il avait le pantalon baissé. Puis, la fille était dans ses bras, le dos accoté au mur de la maison, là, puis les jambes autour de Dé-

— C'est assez! cria mon père. Pas besoin d'en dire plus.

Il sortit de ma chambre en criant le nom de mon frère aîné. Je ne fermai pas la porte, pour bien entendre le sermon paternel. Ma victoire fut complète, ce soir-là. Mon frère vint me voir, toujours en colère.

— Je te dis que t'es une petite chienne, quand tu veux toi! lança-t-il.

— Bien, ça t'apprendra à me stooler.

— OK, puis là, je suppose que tu vas te mettre à me suivre partout, comme p'pa te l'a demandé?

— Penses-tu? J'ai pas full envie de jouer au chaperon. J'ai une vie, moi aussi.

— Bien là, faut trouver une solution, sinon on pourra plus sortir ni un ni l'autre.

— J'y ai pensé, inquiète-toi pas. On sort en même temps de la maison, on rentre en même temps dans maison. Puis avant de rentrer, on se met d'accord sur ce qu'on va raconter aux vieux. Comme ça, tu peux baiser ta blonde n'importe où, puis moi, je peux continuer d'aller voir mes chums en paix.

— Ouin, c'est une idée... Eille! C'est quoi ce langage-là? Baiser ma blonde?

— Coudonc, Dédé, t'es comme m'man? Tu penses que je suis encore une petite fille?

— Non, mais... mettons que ça fait bizarre. Moi, à ton âge, je savais même pas à quoi ça servait, une fille.

— Bien moi, crois-moi, je sais à quoi ça sert, un gars!

— Non?

— Ouin, mais ta gueule avec ça, parce que notre accord tiendra plus, puis ta blonde va te laisser parce qu'elle va dire que t'es un petit con qui écoute ses parents au doigt puis à l'œil.

— Manon est pas de même, tu sauras. Comme ça, tu...

— Déric, j'ai-tu de l'air d'une enfant?

— Non, c'est sûr. Mais de là à… tu sais ce que je veux dire.

— Tu t'es jamais intéressé à moi, demande-toi pas pourquoi tu sais rien d'abord. Là, ce qui est important, c'est que notre plan fonctionne.

À compter de ce jour, mes sorties devaient être réglées sur celles de Déric. Nos parents nous avaient punis ainsi : je devenais le chaperon de mon grand frère. Je ne devais pas le quitter des yeux. À notre retour, ils nous bombardaient de questions. Après quelques semaines, à ma grande déception, ils permirent à Déric de sortir seul à nouveau. Pour moi, c'était le confinement. Mon frère n'avait pourtant pas vendu la mèche. Nos parents avaient simplement plus confiance en lui qu'en moi.

— Voyons, Jocaste, disait ma mère. C'est pas une question de confiance en toi. C'est une question de confiance dans les autres. T'es jeune, t'as vécu des choses difficiles. T'es vulnérable, puis influençable. J'ai juste peur que tu fréquentes les mauvaises personnes.

En ayant assez de ma prison, je convainquis Brian de faire l'école buissonnière avec moi. Nous nous retrouvâmes au parc Cartier-Brébeuf tout l'après-midi. Nous retournâmes à la polyvalente pour la fin des cours. Mes frères ne surent pas ce que j'avais fait. Je croyais m'en sortir à merveille. En rentrant à la maison, la tempête Candide me frappa de plein fouet. Jamais je n'avais vu ma mère dans une telle colère. Un professeur avait noté mon absence, la secrétaire avait téléphoné et maman était déchaînée. Je fus punie de nouveau. Cette fois, à l'interdiction de sortie, s'ajoutait l'interdiction de fréquenter Brian. Il fut question de me changer d'école.

L'atmosphère, à la maison, devint instable. Je m'enfermais dans ma chambre. Je refusais d'en sortir, sauf pour me rendre à la salle de bain. Je prenais même mes repas dans la pièce blanche et rose. Je ne parlais plus à personne. Mes nuits, qui étaient moins agitées, redevinrent cauchemardesques. Deux semaines plus tard, mes parents me convièrent dans la cuisine. Sur la table, autour de laquelle ils m'attendaient, une tasse de chocolat chaud fumait. Je m'assis devant, soufflai sur le liquide.

— Ta mère puis moi, on a décidé de te laisser aller, commença mon père, les sourcils froncés. On a rencontré le travailleur social de ton école, parce qu'on voulait te faire changer de poly. Il nous a conseillé de pas faire ça. On va se ranger à son avis.

— Tu vas pouvoir sortir, poursuivit ma mère en jouant avec son jonc de mariage. Seulement le vendredi soir, le samedi toute la journée, puis le dimanche dans le jour. Le soir, faut que tu rentres à neuf heures. Le samedi puis le dimanche, faut que tu sois à la maison pour cinq heures et demie, pour souper. Le samedi, tu pourras sortir après souper.

Je bus une gorgée de chocolat. Ma mère avait mis de la cannelle dedans, comme quand j'étais petite.

— Tu dis rien? s'étonna maman.

— Qu'est-ce c'est que tu veux que je te dise, m'man? Un prisonnier, quand on lui donne sa liberté conditionnelle, est-ce qu'il fait un câlin à son agent de libération? Faut-tu que je pleure de joie?

— Tu pourrais nous remercier, au moins, s'indigna mon père.

— Oh! OK, d'abord… merci.

Je me levai et retournai dans ma chambre, puisque nous étions jeudi. Je téléphonai à Brian pour lui communiquer la bonne nouvelle. Le lendemain soir, dès que j'eus fini mon assiette, je filai chez mon petit ami. À mon grand bonheur, nous étions seuls, les copains ayant décidé de se rendre au cinéma. Nous échangeâmes des caresses, trouvâmes du réconfort l'un dans l'autre. Brian s'alluma une cigarette. Sur un coup de tête, je la lui volai et tirai une bouffée. Malgré mon habitude d'inhaler de la fumée, je m'étouffai. Je pris une seconde bouffée, qui passa à merveille.

Le lundi suivant, après l'école, ma mère vint me rejoindre sur la galerie devant la maison, me surprenant à fumer.

– Jocaste! s'écria-t-elle. Qu'est-ce c'est que tu fais là, pour l'amour de Dieu?

– Bien, je fume une clope, tu vois bien, répondis-je le plus naturellement du monde, espérant que ma voix ne trahirait pas les battements saccadés de mon coeur.

– Oui, je vois bien ça! Qui c'est qui t'a donné la permission de fumer?

– Personne.

– Bien, éteins-moi ça tout de suite, d'abord!

– M'man, continuai-je en expirant un nuage gris bleuté, tu devrais être contente que je ne me sois pas cachée. Je vous ai pas joué dans le dos, moi!

– Comment?

Je me tournai pour lui faire face. Ma mère, dans sa robe bleue, semblait être restée dans les années 1980. Ses poings fermés sur ses hanches, des larmes roulant sur son visage de poupée de cire vieillissante, elle se mordait la lèvre inférieure. Je jetai ma cigarette sur le trottoir.

– M'man, écoute-moi. J'approche quatorze ans. Je suis assez grande pour prendre mes décisions toute seule.

– Non, pas encore, ma fille!

– Bien, moi je dis que tu devrais être contente parce que j'ai décidé de pas vous cacher ça, à toi puis p'pa. Vous dites tout le temps que je parle jamais, que vous savez jamais rien.

– Bien, oui, mais Jocaste! Je peux être contente de voir que tu nous as pas menti, mais je peux être fâchée de te voir mettre ta santé en danger avec la maudite cigarette. Y'a bien assez de ton père qui fume, ici.

– Et comment peux-tu m'en empêcher?

Elle poussa un soupir, laissa tomber ses bras le long de son corps.

– Je sais que sur cette bataille, je risque pas de gagner. Ton père peut même pas parler, il fume depuis l'adolescence. Mon Dieu, ma sainte mère doit bien se tourner dans sa tombe, de te voir mal virer de même!

Elle rentra. Je m'assis sur le sol de planches teintées de la galerie, le dos appuyé sur la brique de la maison. J'avais peut-être poussé un peu loin, cette fois. Ce fut le sujet d'une petite crise de la part de ma mère, au souper. Mon père se contenta de hausser les épaules. À compter de ce jour, mes frères sortirent également de l'ombre pour fumer librement. Maman pleura, papa soupira. Le sujet fut clos.

Quelques jours avant mon quatorzième anniversaire, Déric fêta ses dix-neuf ans d'une manière dramatique. Il revint du Cégep et s'installa à la table. Il alluma une cigarette, qu'il grilla en silence en regardant notre mère cuisiner. La radio ouverte me déconcentrait alors que je tentais de résoudre un problème mathématique. Des arômes de poulet rôti et de légumes flottaient autour de nous. Fabien et Rénald accoururent soudain, sautant sur leur chaise.

– P'pa arrive! crièrent ils en chœur, comme des enfants.

Ma mère me lança un regard, je me levai et allai ranger mes livres et mes crayons sur mon lit. Je revins dans la cuisine, étendis la nappe à fleurs de pommier sur la table. Je distribuai les ustensiles. Mon père entra et s'assit. Maman remplit les assiettes, me les donna. Je les plaçai devant les convives. Il s'agissait de notre rituel, depuis que j'avais atteint l'âge de six ans.

– Passé une bonne journée, chérie? demande mon père.

– Plutôt, répondit ma mère en dénouant son tablier.

Elle s'assit. Les garçons avaient déjà englouti la moitié de leur repas. Lentement, maman versa du lait dans son verre. Des rides se creusaient autour de ses yeux. De l'angle sous lequel je la regardais, elle me faisait penser à sa mère.

– En tous cas, moi, j'ai une méchante affaire à dire! s'exclama Déric sans arrêter de mâcher.

– Quoi, ça? demanda Fabien.

– Bien, je vais avoir dix-neuf ans samedi-

– Bien oui, on le sait! coupa Rénald. Arrête de nous écoeurer avec ça.

– Je veux pas vous écoeurer, je veux juste annoncer que je m'en vais en appart.

La fourchette de ma mère lui glissa des doigts et heurta l'assiette au ralenti, comme dans les films. Fabien et Rénald se claquèrent dans les mains. Mon cœur battait. Je n'avais jamais pensé qu'un jour, un de nous partirait vivre ailleurs. Ma famille s'effritait.

– Mon gars, répondit papa, tu sais pas de quoi tu parles. Franchement, t'es encore aux études. Ça coûte cher en tabarn… euh… ça coûte la peau des fesses, rester en appartement. Tu vas payer ça comment?

– Je me suis trouvé une job, aujourd'hui.

– Où ça? demanda Rénald.

– Chez Leclerc, tu sais, les biscuits, là?

– Déric, mon chéri, t'aimes pas mieux y penser un peu, encore, avant d'abandonner l'école? enchaîna maman, la voix chevrotante.

– C'est tout réfléchi. J'haïs ça pour mourir, le Cégep. Puis de toute façon, j'ai pas full le choix, parce que je suis vraiment pas bon. Je vais faire des bons salaires, vous savez. Puis Manon, elle, elle va finir son cours de coiffeuse dans trois semaines.

– C'est qui, ça, Manon? questionna mon père.

– C'est ma blonde. Ça fait un an qu'on est ensemble.

– Quoi?

– Bien, oui, p'pa.

– Comment ça se fait qu'on le savait pas?

– Parce que vous voulez pas en entendre parler. Vous vous pensez encore dans les années cinquante, des fois, on dirait, répondis-je à la place de mon frère.

– Jocaste, ma puce, mêle-toi pas de ça, dit ma mère.

– En tous cas, moi puis Manon, on va partir ensemble aussitôt qu'on peut.

Maman quitta la table précipitamment. Papa regarda son poulet pendant cinq minutes, qui me parurent des heures. Fabien et Rénald se disputaient le dernier biscuit de la boîte. Lorsqu'ils eurent terminé, ils se levèrent et filèrent étudier. Ma mère revint. Personne ne semblait se rendre compte que j'étais toujours attablée. Je n'avais rien mangé.

– Déric, mon gars, tu peux pas t'en aller de même, dit maman.

– J'ai pas full le choix, m'man.

– Comment ça, pas le choix? répondit-elle.

– Manon puis moi, on attend un petit.

Maman s'évanouit. Déric disparut. Papa se leva. Il me demanda une serviette d'eau froide. Ensemble, nous ramenâmes ma mère à elle. Elle alla se coucher. Je me réfugiai dans ma chambre. Sur mon lit, recouvert du même édredon depuis les dix dernières années, je laissai dériver mes pensées. Je craignais les répercussions de cette nouvelle sur ma petite vie. Mes parents deviendraient sûrement encore plus sévères.

À ma grande surprise, le vendredi suivant, ma mère m'accompagna chez le médecin pour obtenir une prescription d'anovulants.

— J'imagine que t'as pas encore de relations sexuelles, dit-elle, mais j'aime mieux prévenir que guérir. J'aime vraiment pas ça, par exemple. Je te trouve trop jeune. On vit dans un monde de fou!

— Bien non, m'man, on vit pas dans un monde de fou, rétorquais-je. C'est juste que les esprits sont plus ouverts qu'avant. Toi, t'étais-tu ado, pendant le *peace and love*?

De fil en aiguille, tout se plaça comme par magie : Manon vint souper à la maison : mes parents tombèrent immédiatement sous son charme. Ensuite, le locataire du dessus demanda s'il pouvait sous-louer le logement. Il devait aller travailler sur la Côte-Nord. Mon père mit fin au bail pour céder l'appartement à Déric et sa conjointe. Tout l'été, j'aidai Manon à préparer la chambre du bébé, pendant que ma mère tricotait sur la galerie.

Mes parents acceptèrent les petites amies de mes frères. Ils acceptèrent même Brian. J'avais réussi ma deuxième année du secondaire avec des notes dans la moyenne. En récompense, ma liberté me fut rendue pour la belle saison. Brian pouvait désormais souper à la maison le vendredi.

Malgré ce portrait, j'étais malheureuse. Les mauvais rêves récurrents écourtaient mes nuits plusieurs fois par semaine. Le plus souvent, j'y retrouvais madame Montblanc. Parfois, je l'éventrais. D'autres fois, je la pendais. Trop souvent, je me trouvais pieds et poings liés devant elle, alors qu'elle martyrisait Amanda. Les cernes se creusaient autour de mes yeux. Ni mes parents ni Brian ne jugèrent bon de s'en inquiéter. Je gardai ma douleur secrète, la protégeant, l'astiquant, l'entretenant. Il s'agissait de ma punition. Ma punition pour n'avoir rien vu avant, pour n'avoir pas porté secours à mon amie. Ma punition pour l'avoir laissé souffrir en silence. Ma punition pour lui avoir conseillé ce voyage duquel elle n'était jamais revenue. J'étais responsable de cette mort.

Par contre, si les ombres sous mes paupières ne dérangeaient pas maman, mon poids l'inquiétait. Je devais grimper sur le pèse-personne tous les samedis matin. Elle notait le résultat dans un carnet, en soupirant à chaque fois.

L'automne revint, rapportant les restrictions parentales. Confinée chez moi les soirs de semaine, j'étudiais du mieux que je le pouvais. Je bavardais de moins en moins souvent au téléphone avec Brian. Notre relation s'effritait. Seule, dans mon lit, je ne pensais qu'à Michel. Quand j'étais avec Brian, je m'efforçais de ne pas laisser le souvenir de son odeur remplir ma mémoire. L'éternelle présence des copains érigeait un mur entre mon petit ami et moi.

Après les fêtes, par un jeudi soir de janvier, mes parents m'accordèrent une permission spéciale : je pus sortir. Je me rendis chez Brian, pour le surprendre. La porte d'entrée n'était pas verrouillée, alors je me glissai sans bruit à l'intérieur. Je savais que sa mère était absente. Je retirai mes bottes silencieusement et m'approchai à pas de loup de la chambre de mon ami, sous laquelle une lueur filtrait. À la hauteur de la pièce, j'entendis des sons qui me glacèrent le sang : une fille soupirait de plaisir! La rage m'aveugla. J'ouvris la porte si fort que la poignée abîma le mur, derrière.

– T'es rien qu'un beau salaud, O'Neil! criai-je.

Je courus à l'entrée, Brian, à poil, sur les talons.

– Bien voyons, Jo! dit-il. Attends-

– Va chier! crachai-je en enfilant mes bottes. T'es rien qu'un crisse de chien sale! Si tu m'aimais pas,

t'avais rien qu'à me le dire au lieu de me jouer dans le dos avec une pute!

Je sortis de l'appartement en claquant la porte, descendis les marches deux à deux. Je courus jusque chez moi. En entrant, je tombai nez à nez avec ma mère, qui esquissa un sourire timide. Elle me suivit jusqu'à ma chambre. Je m'affaissai sur mon lit. Elle caressa mes cheveux trop épais, trop sombres, trop frisés.

– Une première peine d'amour, c'est cruel, dit-elle.

– C'est pas la première. Puis je l'aimais même pas pour vrai, Brian. Ce qui me fait chier, c'est qu'il m'a joué dans le dos, le chien sale!

– Jocaste, ton langage.

– Excuse-moi.

– Qu'est-ce qui s'est passé? Tu veux me raconter?

– Je suis arrivée, puis il était en train de baiser avec la blonde de son meilleur ami.

– Je vois… euh… Jocaste, si un gars se comporte comme ça, c'est qu'il te mérite pas.

Elle sortit, me laissant seule avec ma déception.

Les nuits qui suivirent furent pénibles. Les cauchemars redoublèrent. Le dimanche, un froid extrême glaçait la ville. La température ne m'empêcha pas de me balader dans le parc. J'avais besoin d'air. Sur le chemin, je rencontrai mon revendeur. Je lui achetai assez de marijuana pour me fabriquer un joint. Je fumai rapidement, avec agressivité. Je n'avais dormi que quelques heures, depuis le jeudi. Le poison eut tôt fait de s'activer, de brouiller mes pensées.

Tout à coup, j'aperçus Amanda, flottant devant moi. Elle était livide, son cou affichait une ligne mauve, là où la corde avait coupé la circulation sanguine. Mon amie portait une robe de nuit blanche, longue jusqu'à ses chevilles. Ses cheveux courts, qui avaient jadis été couleur paille, semblaient gris. Dans ses bras, elle tenait un fœtus mort, qu'elle me montra. Dans son visage figé, ses yeux creux me fixaient.

– Viens avec moi, Jo. Je m'ennuie tellement toute seule.

Mes pieds bougèrent. J'avançai vers Amanda, qui reculait au même rythme. Le contact avec l'eau glaciale fit disparaître la vision.

- 10 -

Ces souvenirs me rendent nerveuse. J'ai envie d'une cigarette. Il y a une semaine que je n'ai pas écrit un mot. Aujourd'hui encore, je me demande : ai-je sauté dans la rivière seulement à cause de l'image d'Amanda? Ai-je tenté de me suicider sans trop réaliser la portée du geste? L'hiver est maintenant totalement installé. Autour de ma vitre, le givre empêche le vent de se glisser à l'intérieur. Comme la croûte, qui se forme sur mon cœur, jour après jour, qui retient le bonheur à l'extérieur. Ce matin, je commence un nouveau cahier avec un crayon tout neuf, qu'on m'a donné hier.

Après mon plongeon dans la rivière Saint-Charles, je ne fus hospitalisée que deux jours. Le médecin avait présumé que je consommais de la drogue, ce qui m'aurait poussée à tenter de mettre fin à mes jours. Mes parents ne digérèrent pas cette présomption. Ils s'assurèrent que je ne courais physiquement aucun danger et me ramenèrent à la maison. Je dus leur avouer que le docteur n'avait pas tout à fait tort : je fumais parfois de la marijuana. Ma mère pleura, mon père tempêta. Je fus confinée à ma chambre. En guise de rébellion, je refusai d'en sortir.

L'orage prit quelques jours à se dissiper. Ma mère frappa à ma porte. Elle entra sans que je l'eusse invitée. J'étais couchée sur mon lit, lisant une bande dessinée de Lucky Luke, que j'avais déjà lue quatre ou cinq fois.

– Jocaste, ma belle, faut que je te parle.

Elle vint s'asseoir sur mon lit à côté de moi. Les mains jointes sur ses genoux, elle regardait les affiches de Metallica et de Gun's N'Roses sur mes murs blancs.

– Ta chambre aurait bien besoin d'un coup de peinture.

Sa tête ne bougea pas. Elle se gratta le cou.

– Tu m'aides pas bien, bien, soupira-t-elle. Tu sais, la drogue, c'est pas la solution. C'est quoi qui va pas, chérie? C'est-tu à cause de Brian?

Je fermai le livre, le déposai sur mon oreiller.

– Les garçons, parfois, peuvent nous faire réellement souffrir. Mais, ils ne sont pas tous comme ça. La plupart sont pas comme ça.

– M'man, laisse faire Brian, c'est juste un con.

– T'es en colère contre lui-

– Non, je suis pas en colère contre ce plouc!

Je m'assis, ma mère se tourna pour me faire face.

– Écoute, m'man. C'est vrai que je suis en colère, mais c'est pas contre Brian. C'est contre le gros dégueulasse qui a violé Amanda. Puis, contre la salope qui a pas protégé sa propre fille!

– Jocaste, parle pas comme ça de madame Montblanc.

Elle soupira. Je mordis ma lèvre inférieure.

– Jocaste, parfois être parent, c'est facile. Mais, parfois, c'est extrêmement difficile. Il y a une raison pour laquelle madame Montblanc n'a pas voulu croire Amanda. Et je suis sûre que ce n'est pas uniquement parce qu'elle souhaitait vivre une histoire d'amour. Je mettrais ma main au feu qu'elle ne pouvait simplement pas accepter ce que sa fille lui disait. Que… que c'était comme trop pour ce qu'elle, en tant qu'humaine, pouvait prendre. Ça, tu peux le comprendre, ma puce?

Je baissai les yeux.

– Oui, je sais que tu peux le comprendre, continua ma mère. Tu le peux, parce que tu l'as vécu. Quand Amanda t'a raconté son drame, ça a été trop pour ce que tu pouvais supporter. Dis-toi que pour sa mère, ça a dû être pareil. Trop. Juste trop.

Elle passa sa main dans mes cheveux. J'eus envie de lui parler de mes cauchemars. Ceux qui m'assaillaient la nuit, ainsi que ceux qui me venaient le jour. Les images d'Amanda me pourchassant, la peau blanche, les lèvres bleues, une corde autour du cou. Les cris du bébé, dans ses bras. Les apparitions, dans mes rêves, de monsieur Taupin qui courait en rond, poursuivi par Michel qui lui brandissait, au visage, son membre coupé. Parfois, la scène se déroulait dans le salon de l'appartement du dessus. Je voyais Amanda en train d'avoir une relation sexuelle avec mon père. Elle me regardait, souriait, me faisait signe de les rejoindre. Quand j'avançais, elle se transformait en démon et m'attaquait. Quand je reculais, elle se transformait en monsieur Taupin et me menaçait.

Ma mère. Son odeur. La même, du plus lointain de mes souvenirs. Fidèle à ses marques préférées. Chez elle, c'était du Tide, rien d'autre. Elle était le symbole de la stabilité.

– M'man?

– Oui?

– Est-ce que je peux rester à la maison quelques jours encore? Je te promets de travailler super fort pour rattraper ce que j'ai perdu, en classe. Je te promets de passer mon année, mais s'il te plaît, demande-moi pas d'y retourner tout de suite. Je suis sûre que toute l'école est au courant puis que je vais faire rire de moi.

– Tu feras pas rire de toi, je suis certaine. Mais, c'est correct, tu peux rester une semaine encore. Puis, pour la drogue-

– Laisse faire la drogue, m'man. J'ai plus envie d'en prendre de toute manière.

– Je suis bien contente d'apprendre ça. Qu'est-ce que tu dirais que je te prépare un gâteau au chocolat de grand-maman?

Je pris une semaine de vacances supplémentaire. L'accident ne laissa aucune séquelle physique. Papa me raconta qu'un vieil homme m'avait vue sauter dans les eaux glacées. Il s'était rué au dépanneur, au coin de la rue, pour obtenir du secours. Le pauvre héros, vu son âge, avait eu de la difficulté à reprendre son souffle, après une telle hâte. J'aurais préféré qu'il me laisse mourir. Ce vieillard avait sauvé une jeune vie. Il devait être fier. Je lui en voulais.

Je retournai à l'école le lundi suivant ma convalescence. En classe, la concentration me faisait défaut. Je développai l'habitude de gribouiller, de composer des vers dans les marges de mes cahiers pendant que mes enseignants parlaient. Le sommeil m'extirpait régulièrement de mes cours. Je finissais souvent au bureau du directeur.

La situation inquiétait mes parents. Je dus consulter un autre médecin. Ce dernier me prescrit des somnifères pour dix jours. Ma mère prévint la direction. Je commençai le traitement. L'efficacité des médicaments était telle que je n'arrivais plus à me lever, au premier matin. Je restai à la maison, les membres lourds, toute la journée. Le lendemain fut un peu moins pénible. Par contre, j'eus de la difficulté à tenir le coup dans mes cours de l'avant-midi. Après les dix jours, mon corps était d'attaque. Je pus ainsi redoubler d'ardeur : j'avais beaucoup de retard à rattraper.

Je travaillai tellement fort que, du lever au coucher, mon esprit demeurait en fonction. En me mettant au lit, je ne me laissais pas le temps de réfléchir. Je lisais jusqu'à ce que le sommeil m'emporte. Les mauvais rêves m'assaillaient toujours, me réveillaient. Je reprenais mon livre. Je comptais sur les mots pour me renvoyer au pays des songes. Ce cycle se répétait parfois quatre fois par nuit.

Au lendemain des examens de fin d'année, je me levai vers midi. Je m'installai à la table de cuisine. Les murs blancs, presque entièrement nus, réfléchissaient la lumière du soleil, qui entrait par les fenêtres aux rideaux de dentelle. Je frémis malgré la chaleur : j'avais eu l'impression de me trouver chez ma grand-mère. Au loin, dans la maison, le son de la télévision signifiait l'absence de mes frères. S'ils avaient été là, maman ne se serait jamais permis de regarder une émission sur l'heure du dîner.

Une sensation de brûlure irradiait dans ma nuque. Je m'emparai du journal qui traînait à la place de mon père pour le feuilleter. J'aimais l'odeur du papier journal : un parfum d'encre sèche. Je ne lisais que les titres. Si un article m'intéressait, alors je le parcourais négligemment. Ce matin-là, ou devrais-je dire ce midi-là, un texte de quelques lignes attira mon attention, dans un coin d'une page de la section « Faits divers ». Un journaliste y relatait un jugement qui avait été porté à la cour, la veille :

> *Michel Montblanc, dix-neuf ans, a été reconnu coupable de possession de drogue dans le but d'en faire le trafic. Le juge l'a condamné à trois ans et demi de prison. Rappelons que le jeune homme en est à sa troisième infraction, ce qui explique la sentence.*

Le choc m'arracha une quinte de toux. Je n'en croyais pas mon cerveau, l'accusant de travestir les mots. Je relus les phrases à voix haute, pour me convaincre de leur véracité.

– Coudonc, Jo, c'est qui se passe? demanda maman en entrant dans la pièce.

– Bien, t'as-tu lu le journal ce matin?

– Non. Tu le sais que j'aime pas ça, lire. J'aime mieux regarder les nouvelles, à la télé. Ça doit être parce que j'ai la vue qui baisse-

– M'man! C'est Michel!

– Hein? Michel est dans le journal?

Je lus l'article pour ma mère, qui s'assit en m'écoutant. Ses yeux s'agrandirent.

Hé bien! Je suis sûre que ce serait jamais arrivé s'ils l'avaient pas enfermé, quand il était ado. Ces prisons pour jeunes, là, c'est juste bon à rendre un bon petit gars délinquant. S'ils l'avaient confié à une bonne famille, à la place. Bien non! Il a commis un crime, qu'ils ont dit. Il doit payer, qu'ils ont dit.

La tête dans les mains, elle se parlait à elle-même plus qu'à moi. Je me levai, allai chercher un verre, ouvrit le réfrigérateur.

– Tu sais, m'man, j'aurais jamais pensé que tu pensais comme moi, dis-je en sortant le contant de jus d'orange. Je pensais que tu étais du bord de la justice.

– On peut pas vraiment appeler ça de la justice, quand ça donne pas de chance à un enfant troublé par un drame trop dur, répondit-elle sans bouger.

Je remis le pichet à sa place, refermai la porte du réfrigérateur et retournai m'asseoir près de ma mère.

– Tu vois, Jocaste, c'est comme ça, les hommes. Incapable de se rendre compte que les lois ne sont pas nécessairement applicables à toutes les situations. Comme… comme pas capable de voir qu'il existe des zones grises.

Je bus le liquide jaune par petites gorgées en regardant le journal, toujours ouvert sur l'article. Trois ans et demi. Michel devrait bien se conduire, en prison,

s'il voulait sortir vite. Si je voulais qu'il sorte vite. Cette sentence contrecarrait mes plans. Je m'appliquais à être une bonne fille, dans l'espoir d'obtenir la permission de mes parents pour contacter mon ancien amoureux. Je ne souhaitais pas attendre mes dix-huit ans. Je me mourais de sa présence. Et lui, il se débrouillait pour qu'on le jette derrière les barreaux!

Je tournai le regard vers maman. Ses cheveux blanchissants rendaient son visage encore plus doux. Elle me sourit.

– M'man? Penses-tu que je peux lui écrire, à Michel?

– Bien, répondit-elle en baissant les yeux. Je ne sais pas trop. Il est en prison, tu sais-

– Et alors? C'est quand même Michel. Tu le dis toi-même que ça se serait pas passé s'il avait pas été enfermé.

– Bon, OK d'abord.

– Merci.

Je me retirai dans ma chambre, mon havre, mon île déserte. Couchée sur le ventre sur mon lit, j'avais placé un album de Gaston Lagaffe sous quelques feuilles de papier. Je laissai mon crayon glisser sur les pages, formant les mots que je n'arrivais pas à dire à mes parents, au sujet de mes cauchemars. Je racontais à Michel combien les dernières années avaient été pénibles. Combien il me manquait! Puis, j'élaborai un plan : à sa sortie de prison, s'il m'aimait encore, nous pourrions nous retrouver. Il n'avait qu'à venir me chercher, à la maison. Je l'attendrais. J'allai poster ma missive, le cœur léger : j'avais tant espéré le jour où j’obtiendrais enfin la permission d’entrer en communication avec Michel!

Les semaines d’un été trop chaud coulèrent lentement. Je dormais très mal. Ma mère ne me demandait pas de me lever le matin. Je pouvais récupérer le sommeil manquant. Je sortais du lit vers midi tous les jours. Dans l’après-midi, j’allais souvent marcher le long de la rivière. À quinze ans, mes parents ne pouvaient plus m’interdire de quitter le quartier. Je me rendais régulièrement au Vieux Port, puis je grimpais dans un autobus pour retourner à la maison.

Michel ne me répondait pas. Son silence ne me surprenait aucunement. Il se pouvait que la lettre ne lui soit pas parvenue. J’avais décidé, en la postant, d’attendre à Noël avant de lui en envoyer une seconde, s’il ne m’écrivait pas.

Le repos me fit grand bien. Je pris même dix livres, au grand bonheur de ma mère. À la fin du mois d’août, Rénald m’invita à passer une journée à Expo Québec. Papa nous donna de l’argent et nous nous amusâmes jusqu’à la fermeture. Le jour de la rentrée arriva, apportant son lot d’angoisse. Ma quatrième année au secondaire. La plus difficile, selon mes frères. Fabien avait fini son cours de mécanique automobile depuis peu. Il travaillait maintenant chez un concessionnaire. Il parlait de quitter la maison, d’ici quelques années, le temps d’économiser. Rénald, de son côté, devait finir son secondaire pour aller au cégep. Il rêvait de devenir technicien en informatique. Un domaine d’avenir, nous répétaient les conseillers en orientation. En haut, Déric travaillait toujours à l’usine, maintenant de jour. Manon avait déniché un poste de coiffeuse dans un salon. Ils souhaitaient un deuxième enfant.

Le petit monde autour de moi tournait parfaitement bien. J'entrais en classe la tête haute, l'optimisme au cœur. Rien n'effacerait jamais les souffrances, ni ne ramènerait Amanda ou mes grands-parents. Je savais néanmoins que, quelque part, un jeune homme attendait peut-être la liberté pour me rejoindre. Je comptais sur lui. Ma vie en dépendait.

- 11 -

Je me suis laissé dériver sur une vague de sensations agréable, hier soir en finissant d'écrire. J'ai revécu, en pensée, toute ma journée à Expo Québec avec mon frère. Pour une soirée, je suis redevenue Jocaste Levasseur, quinze ans. Pendant notre souper, Rénald m'avait écoutée lui raconter mes cauchemars. Je lui avais demandé de promettre de ne jamais en parler. Peut-être que si j'avais pu en toucher un mot à mes parents aussi, je ne serais pas ici en train d'écrire au plomb dans un cahier Canada.

Les premiers jours de ma quatrième secondaire furent aisés. J'assistais à mes cours avec attention, pour la première fois depuis longtemps. J'arrivais même à trouver les enseignants intéressants. Malheureusement, le conte de fées ne dura pas. Dès la fin de la deuxième semaine, je commençai à traîner de la patte. L'été précédent, j'avais pu me reposer tous les jours en ne sortant du lit que très tard dans l'avant-midi. Je devais maintenant me lever tôt. Le sommeil perdu n'est jamais retrouvé, à ce qu'on dit.

L'énergie emmagasinée sous le soleil s'écoula pendant l'automne. Vers la fin novembre, les ombres sous mes yeux réapparurent. Mes ongles cassaient. Mes cheveux tombaient par poignées. Les petites rondeurs acquises durant la belle saison fondirent, emportant le peu d'estime de moi qui me restait toujours. Quand je me regardais, dans un miroir, ma silhouette squelettique, mes seins timides, mes hanches à peine perceptibles me chagrinaient. Tant de filles étaient si jolies, à l'école! Je dépassais d'une tête la plupart d'entre elles. Pourtant, j'étais plus légère. Michel ne devait pas me voir ainsi! Il me fallait prendre du tonus avant qu'il ne sorte de prison.

Je décidai de me mettre au sport. J'avais entendu dire que l'activité physique était salutaire autant pour le corps que pour l'esprit. Chaque soir, après le souper, je partais jogger le long de la rivière. Mes parents crurent, eux aussi, que le jogging m'aiderait. Je tins bon jusqu'au mois de février. Un démon contrôlait mon sommeil. Un second s'acharnait sur moi : le manque de soleil. L'hiver n'est jamais facile pour personne. Cette année-là, il fut catastrophique pour moi.

Non seulement je n'avais pas gagné une once sur le pèse-personne, mais je dormais de moins en moins la nuit. Résultat : je somnolais de plus en plus en classe. Le directeur adjoint dut intervenir auprès de mes parents. Je fus invitée à la rencontre, lors de laquelle je suppliai qu'on ne me donne pas de sédatifs à nouveau. Il fut entendu que je devais rencontrer la psychologue de l'école et que, si je me rendormais pendant les cours, la direction se verrait dans l'obligation de sévir.

La psychologue, une femme taciturne dans la cinquantaine, ne me fit pas une bonne impression. Ses cheveux platine et son maquillage exagéré trahissaient son refus de vieillir. J'aurais préféré me confier à une personne équilibrée. Je la pris immédiatement en grippe. Ce faisant, je me tirais dans le pied sans le savoir. À quinze ans, on croit tout connaître!

Lors d'une rencontre, je remarquai qu'elle semblait dans la lune. L'idée de vérifier si elle m'écoutait devint rapidement irrésistible.

– Un jour, quand j'étais petite, je suis allée avec un voisin dans une espèce de place bizarre.

– Après?

– Oh, rien d'important. Il y avait des hommes avec des toges blanches. Il a fallu que je m'agenouille devant eux. Un vieux monsieur m'a mis de l'huile dans le front.

– Oui…

– Puis, il a mis le feu à l'huile!

– C'est bien, continue.

– Puis, pour l'éteindre, il m'a pissé dans la face-

– Euh… es-tu sûre de ça, toi là?

– Bien non, calvaire! Je voulais juste voir si vous écoutiez, parce que franchement, j'ai l'impression que ce que je vous dis vous passe six pieds par-dessus la tête.

– Franchement, Jocaste, c'est sûr que je t'écoute. Mais, t'es vraiment pas facile à suivre. Je le sais que tu me dis pas grand-chose, dans le fond. J'ai juste l'impression que tu viens me voir pour pas aller à tes cours.

– Ouin, ça ressemble à ça. Puis?

– Je pense que ce serait mieux qu'on arrête les séances, là. Je vais en informer tes parents, puis la direction.

– C'est cool. Je peux-tu m'en aller, là?

Je m'attendais à une crise de mes parents. Rien. Ils se contentèrent de se regarder en soupirant.

Quelques jours plus tard, ma mère instaura une nouvelle habitude, à la maison. Vers vingt et une heures, tous les soirs, elle pressait des oranges pour moi. Au début, j'étais sceptique : depuis quand le jus d'orange frais aide-t-il à dormir? Je dus cependant m'avouer vaincue après quelques jours de sommeil réparateur.

Après toute une semaine de repos, mon esprit s'étira et sortit de son état de somnambule. Comment était-ce possible que du jus me fasse dormir aussi bien? Comment les oranges pouvaient-elles chasser les cauchemars? Cette efficacité m'apparut impossible. Le samedi suivant, j'éprouvai de violents maux de ventre et gardai le lit. Le soir, je ne fermai pas totalement la porte de ma chambre, pour entendre tous les bruits provenant de la cuisine, à côté. Lorsque ma mère commença à presser les agrumes, je me glissai près de l'ouverture de ma porte pour l'espionner.

Horreur! Je vis ma mère ajouter de la poudre blanche à mon jus. C'était donc ça! Elle devait ressentir de la honte à mon sujet. Elle devait être lasse de prendre soin de moi. Elle devait comprendre que j'étais damnée. Elle tentait de m'assassiner en diluant du poison dans mon jus d'orange! Elle commençait sûrement par une petite dose, ce qui expliquait mon mal de la journée. Bientôt, elle allait sans doute augmenter la quantité de poudre, jusqu'à ce que j'en meurs.

Ma vie était un enfer. Néanmoins, je n'avais aucunement l'envie de l'abréger. Pas maintenant. Il ne me restait plus beaucoup de temps avant de fêter mes dix-huit ans. Je pourrais vivre avec Michel. Ensemble, nous prendrions un nouveau départ. Nous serions forts. Les cauchemars disparaîtraient. Michel les ferait partir. Nous nous établirions dans un petit appartement économique qui serait un palais à nos yeux. Nous y serions heureux. Mes parents n'auraient plus à subir ma présence. Je les débarrasserais de ma carcasse fantomatique pour toujours. Lorsque je retrouverais Michel, je serais enfin libre et redeviendrais normale.

Je ne pouvais pas laisser ma mère mettre fin à mes jours. Je voulais vivre. Je souhaitais tenter le coup, avec mon ancien amoureux. J'avais l'espoir de réussir. Des pas. Maman approchait de ma chambre. D'un bond, je sautai sur mes pieds et je courus me mettre au lit. La porte s'ouvrit en grinçant.

– Oh, je dois pas oublier de demander à ton père de venir graisser cette porte-là, dit ma mère en entrant, le verre meurtrier à la main.

Elle avança et plaça le jus sur ma table de nuit.

– Ça va-tu mieux, ce soir, ma puce? T'as-tu encore mal au ventre?

– Non, j'ai plus mal.

– Ça doit être des maux qui courent. Tiens, je te laisse ton jus. Bonne nuit.

Elle déposa un baiser sur mon front. Le baiser de Judas! Elle quitta la pièce en fermant la porte grinçante derrière elle. Seule, dans l'obscurité, je me rappelais les paroles qu'elle m'avait dites, lors de notre discussion au sujet de la mère d'Amanda : elle avait dit que, pour madame Montblanc, c'était peut-être juste trop. Alors, pour ma mère, j'étais peut-être juste trop. Un échec, sans doute. Son unique fille. La fille qu'elle avait tant désirée après trois garçons. L'enfant qui aurait dû être son alliée, sa meilleure amie. J'étais un fiasco! C'était trop pour elle. Elle ne pouvait pas le supporter.

J'attendis vers minuit pour me lever et me glisser à la salle de bain. Je vidai le jus dans la toilette. Ensuite, je retournai au lit, reposant le verre sur ma table, près de mon réveille-matin. Il ne fallait pas éveiller de soupçons. Je devais sortir de là.

Cette nuit-là fut pénible. Je n'arrivais même pas à trouver le sommeil. Quand je m'apaisai enfin, de nouvelles visions d'horreur s'ajoutèrent à celles qui me hantaient depuis la mort d'Amanda. Maintenant, je voyais maman, armée de son couteau à légumes, en robe à fleurs sous son éternel tablier rose, me poursuivre dans un corridor sans portes, sans fenêtres. Le plafond était formé par une grille d'acier. Au-dessus, mon père et mes frères assistaient en riant à la course folle, criant des encouragements à ma mère.

L'idée de me rendre au poste de police, de tout leur raconter, m'effleura l'esprit. Y avait-il une chance qu'ils me croient? Non. Bien sûr que non. Comment pourraient-ils me croire, moi, alors que mes parents étaient de si bonnes personnes? Aussitôt que mon père leur dirait combien je suis un fardeau pour la famille, je serais perçue comme une menteuse. Je ne pouvais compter que sur moi-même.

Vers dix heures, le dimanche matin, toujours au lit, j'échafaudai un plan de fugue. La meilleure chose à faire était de quitter la ville le plus vite possible. Je devais me rendre loin, très loin. Disons en Abitibi. Il me fallait changer mon apparence, au cas où les médias diffuseraient ma photo. Quand je serais en Abitibi, je vivrais sous un faux nom. Je trouverais un emploi de serveuse, dans un restaurant, ou quelque chose du genre. Je louerais une chambre. J'attendrais patiemment la libération de Michel. Je lui écrirais où il pourrait me retrouver, lorsqu'il serait enfin libre.

Mon premier problème était que je ne pouvais pas aller chez la coiffeuse pour une coupe de cheveux et une coloration, puis revenir à la maison. Personne ne devait savoir. Je me levai pour consulter mon livret de banque. La somme de mes économies ne se chiffrait qu'à cent dollars. Il me fallait bien planifier les détails de mon évasion. Je vidai mon sac à dos, cachai mes livres dans ma garde-robe. Je remplis ensuite le sac de quelques vêtements. Je devais attendre au lundi pour m'enfuir. Je ferais mine de partir pour l'école. Je ne reviendrais jamais.

Le dimanche matin, j'entrai à pas feutrés dans la cuisine, le verre vide à la main. Je déposai celui-ci dans le lave-vaisselle et je me préparai des rôties. J'avais une faim de loup. Après quatre tranches de pain grillées à la confiture de fraise, je retournai dans ma chambre. Je passai le temps en lisant le journal, puis des bandes dessinées.

Des coups à ma porte me réveillèrent.

– Jocaste, on soupe, là, disait mon père.

– J'arrive, p'pa.

Je me levai précipitamment. J'accourus dans la cuisine, saisis une assiette et commençai à y déposer du poulet, de la purée de pommes de terre, des carottes et beaucoup de sauce. Je m'installai à ma place, à la table. Je regardai les aliments, suspicieuse. J'attendis que Rénald et mon père mangent un peu avant de toucher à la nourriture. Comme personne ne semblait s'en faire, j'attaquai ce qui allait être mon dernier repas à la maison.

Dans la soirée, lorsque ma mère m'apporta mon jus d'orange, je la remerciai. Vers une heure du matin, je me débarrassai du liquide dans la toilette, puis me recouchai. Mon sommeil fut entrecoupé de visions infernales. Je réussis à me reposer tout de même un peu. Vers sept heures trente, je me maquillai, me coiffai les cheveux d'une tresse, m'habillai d'un jean et d'un chandail en coton ouaté avec un capuchon. Ensuite, je plaçai mon maquillage et ma brosse dans mon sac à dos. Puis, je sortis de ma chambre. Je me préparais à déjeuner quand mon père s'installa à la table avec le journal.

– T'as l'air en forme, ce matin, ma puce, dit-il.

– Ouin, faut croire que la sieste d'hier après-midi m'a fait du bien.

– T'as bien dormi cette nuit?

– Non, pas vraiment, mais c'est pas grave.

– C'est parce que j'ai entendu les toilettes, ça fait que je me demandais si t'étais malade.

– Non, p'pa. J'ai plus mal au ventre, je te le jure. Je suis juste allée aux toilettes, cette nuit. Ça doit être le jus d'orange qui m'a donné envie de pipi.

– Sûrement. Bon, il y a rien d'intéressant dans le journal. Laisse ta mère dormir, elle n'est pas dans son assiette. Bonne journée.

– Bonne journée, p'pa.

Il quitta la maison, son habit de chauffeur d'autobus parfaitement repassé sur le dos, le journal plié sous le bras, laissant une traînée parfumée derrière lui. J'entendis la voiture démarrer, puis s'éloigner. Tant de petites choses du quotidien me manqueraient! Pourtant, je devais fuir. Je ne pouvais me résoudre à risquer ma vie.

J'engloutis mon repas, plaçai ma vaisselle au lave-vaisselle sans faire de bruit. Si ma mère ne se réveillait pas, mon départ serait plus facile. Je chaussai mes bottes, enfilai mon manteau le plus chaud. Je balayai la cuisine familiale du regard : ses murs blancs froids ne portant que la vieille horloge de maman, son plancher de linoléum trop ciré, ses électroménagers neufs qui ne cadraient pas encore dans le décor, sa table de bois massif. Il me semblait y voir mes frères, enfants, se chamaillant pour le dernier morceau de gâteau. Mon père, arborant fièrement sa moustache, qui remuait son café. Ma mère qui allait et venait pour donner des verres de lait. Et moi. Moi, petite, mais trop grande. Moi qui ne disais rien. Moi qui regardais. Moi qui subissais.

Je secouai la tête pour chasser la vision. En prenant garde de refermer la porte doucement derrière moi, je me glissai à l'extérieur. L'air glacial me surprit. Un instant, j'eus presque envie de retourner à l'intérieur, quitte à en mourir. Je me ressaisis. Michel sortirait de prison, me rejoindrait. Nous allions être heureux. Je quittai les lieux.

Je marchai jusqu'au guichet automatique de la Caisse populaire pour y retirer de l'argent. La machine me demanda le montant. J'hésitai : si je vidais mon compte, ce serait louche. Si je prenais des sous plus tard, j'avais peur qu'on puisse me retrouver plus facilement. J'optai pour la totalité de mes économies. Mes cent dollars en poche, je repris mon chemin. Je marcherais jusqu'au boulevard Charest, où je pourrais tenter l'auto-stop. Je souhaitais me rendre au moins à Montréal, sur le pouce. Acheter un billet d'autobus à Québec, pour l'Abitibi, me coûterait beaucoup trop cher.

Avant de commencer à essayer de toucher une âme généreuse pour le voyage, je devais me transformer. En fumant une cigarette, je marchais vers le quartier Saint-Roch, tout en cherchant un salon de coiffure. J'en trouvai un après une vingtaine de minutes de recherche. Fière de ma chance, j'entrai et demandai s'il était possible de me couper les cheveux immédiatement. Je donnai carte blanche à la coiffeuse, qui s'émerveilla de la longueur de ma tresse.

– Vous voulez vraiment que je coupe ces cheveux-là, demanda-t-elle?

– Oui. Je veux changer de look complètement. Vous comprenez, j'ai l'air trop jeune. Je fais pas mon âge. Ça commence à m'agacer.

– Ouin. Je comprends. Vous voulez du changement drastique?

– Le plus drastique possible, madame!

Elle me prit au sérieux. La coiffure qu'elle me fit me vieillissait franchement : on m'aurait donné vingt ans! Mes cheveux étaient maintenant courts et ébouriffés. Disparues, les spirales brunes jusqu'aux reins! Il ne manquait qu'une bonne teinture pour finir la transformation. Par contre, je n'allais pas débourser dans un salon pour une coloration. Je m'en achèterais une, dans une pharmacie, à Montréal. Je remerciai la coiffeuse, payai et sortis. Je poursuivis mon chemin jusqu'au boulevard Charest. Sur place, je commençai à lever mon pouce, tout en continuant de marcher. À peine trente minutes plus tard, une Honda Civic rouge s'immobilisait devant moi, sur l'accotement. J'approchai en courant. La fenêtre du côté passager était descendue. Un jeune homme, début vingtaine, était installé derrière le volant.

– Salut, tu vas où, demanda-t-il?

– Salut, je vais à Montréal.

– Bien, je vais à Trois-Rivières. Si ça fait ton affaire, tu peux embarquer jusque-là.

– Cool.

Je grimpai à bord, remontai la vitre. J'avais les orteils et les doigts gelés. Le chauffage de l'automobile m'arracha un soupir.

– Moi, c'est Jean-François. Toi?

– Jo… Johanne.

– Enchanté, Johanne. Tu vas faire quoi, à Montréal?

Je sursautai. Je n'avais pas songé un instant à l'éventualité qu'on me pose ce genre de question. Il me fallait inventer très vite.

– Je vais rejoindre mon chum.

Pas fort comme réponse.

– Pourquoi tu prends pas l'autobus, d'abord?

– Bien, c'est cher pas mal, je trouve. Puis, comme j'ai perdu ma job, c'est mieux que je dépense pas trop. Toi, Trois-Rivières, c'est pourquoi?

– Un client à rencontrer.

– Cool.

Nous roulâmes en écoutant la musique, à la radio. Je portais une attention particulière aux courts segments réservés aux nouvelles, juste au cas. La secrétaire de l'école avait sûrement téléphoné à la maison. Ma mère devait être dans tous ses états.

Nous arrivâmes à une halte routière. Jean-François stationna son véhicule à une extrémité. De l'autre côté se trouvaient deux camions sans leur conducteur.

– Ils doivent dormir dans la boite, lança mon chauffeur.

– Hein? Oh! Les camionneurs! Ouin, ça leur fait de grosses journées.

J'allai aux toilettes, puis revins. De retour dans la voiture, Jean-François ne démarra pas.

– Peut-être que tu pourrais me payer, là. Il y a personne, puis mes vitres sont teintées.

– De quoi tu parles, demandai-je?

Il mit sa main sur ma cuisse, qu'il caressa.

– Fais pas l'innocente, la belle, je sais que tu sais ce que je veux.

Merde! J'étais tombée sur une âme charitable payante! Je tentai de le repousser.

– Bien voyons, je pensais que t'étais juste généreux, moi!

– Bien oui, je suis généreux, tu vas voir combien!

Il n'était pas laid. Par contre, le ton de sa voix m'arracha un frisson. Si je résistais, il me violerait sûrement. Il le pouvait : il devait mesurer six pieds deux pouces. La largeur de ses épaules aurait fait pâlir d'envie n'importe quel joueur de football. Je ne devais pas laisser paraître ma peur. Si je lui donnais l'impression d'être tout à fait consentante, il ne me vendrait peut-être pas. J'étais certaine que mes parents tenteraient de me retrouver. Je ne voulais pas mettre mes chances de salut en péril. Je pouvais lui offrir un petit peu plus que ce qu'il demandait. Dans quelques jours, lorsqu'il verrait ma photo placardée dans les journaux, il aurait peur. Il ne pourrait pas avouer. J'avais tout de même seulement quinze ans! Je sentis mes lèvres remonter, du côté droit, en un sourire cruel.

– Ah, ouin? répondis-je en glissant ma main sur sa jambe. T'es pas mal généreux? Moi aussi, tu sauras. J'espère que t'as tout ton temps!

- 12 -

Ce matin, j'ai regardé un film avec d'autres résidents. J'ai ri. Il y avait longtemps que je n'avais pas ri. Je me suis sentie plus légère, après. Comme une plume qui s'envole quand on souffle dessus. Je me sens d'attaque pour continuer mon exorcisme maison! Derrière ma fenêtre, cet après-midi, le soleil plombe sur la neige, ce qui donne un air lumineux à tout le paysage.

En arrivant près de Trois-Rivières, Jean-François immobilisa sa Honda sur l'accotement de l'autoroute.

– Merci bien, là, dis-je en ouvrant la portière.

– Merci à toi! Je vais me rappeler longtemps de cette ride-là!

– Bien tant mieux pour toi.

Je sortis en claquant la porte. Le véhicule reparti en trombe. Une rafale de vent mordant me fit regretter d'avoir choisi l'auto-stop en plein hiver. J'allumai une cigarette avant de me remettre à marcher en levant le pouce. Je me dégoûtais. J'avais l'impression de m'être prostituée. Comment Michel verrait-il la situation? Juste de penser à lui me réchauffait.

Je n'eus pas à marcher longtemps. Un camion s'arrêta sur l'accotement. Je le rejoignis à la course. Pour ouvrir la portière, je dus monter sur un marchepied chromé, terni par le calcium qui colle aux véhicules sur les routes du Québec, pendant la saison froide.

– Salut, me lança le camionneur. Tu vas où, de même?

– Montréal.

– Parfait, ça. Grimpe.

– Merci, monsieur.

Je m'installai sur le siège, poussant un soupir de bonheur au contact de l'air chaud. Le chauffeur ramena l'engin sur l'autoroute. Je bouclai ma ceinture. Mes yeux se promenaient de gauche à droite. L'habitacle m'impressionna : il était propre. Le plancher dégagé et le tableau de bord brillant témoignaient de la fierté du propriétaire pour son véhicule. Tout le contraire de ce à quoi je m'attendais!

– Je m'appelle Henri. Toi?

– Johanne.

– Enchanté, Johanne, répondit-il en riant.

– Moi aussi, Henri, ajoutais-je sur le même ton joyeux.

J'avais de la difficulté à évaluer sa grandeur. Assise dans un si gros camion, je me sentais moi-même infiniment petite. Henri portait un jean bleu usé, des bottes de travail, un blouson de cuir et une casquette à l'effigie du Canadien de Montréal, sous laquelle pointaient des cheveux poivre et sel attachés en une couette, sur la nuque, qui lui descendait aux épaules. Je me sentis impolie de le détailler ainsi. Je détournai mon regard. Mes yeux se posèrent sur une image en carton d'une femme aux seins énormes, arborant un bikini rouge beaucoup trop petit pour elle.

– Excuse le sent-bon, dit Henri. C'est une farce d'un de mes chums.

– C'est correct. J'essayais juste d'imaginer une affaire de même dans le char de mon père. Ma mère ferait bien une syncope!

– Tu penses-tu?

– Je suis sûre. Mettons que chez nous, c'est... comment dire? Puritain. Mes parents pensent sûrement que je pense que les bébés viennent par les cigognes. Je me demande même comment ils ont fait pour faire des enfants.

Le rire de Henri résonna, comme celui d'un père Noël de centre commercial. J'avais parlé sans réfléchir. Plutôt, j'avais réfléchi à voix haute. La glace était brisée. Il n'en fallut pas plus au camionneur pour me raconter sa vie. Il avait commencé à conduire des camions à l'âge de dix-huit ans, s'était marié à dix-neuf, avait divorcé à vingt-deux, s'était remarié à vingt-huit, avait eu cinq filles. Il me relata des dizaines d'anecdotes, toutes plus amusantes les unes que les autres. Des histoires d'une famille heureuse.

Le trajet jusqu'à Montréal me parut ne durer que quelques minutes. Henri me proposa de débarquer seulement au magasin où il effectuait sa livraison, pour que je sois au chaud plus longtemps. J'acceptai avec empressement. Le vent semblait cruel, à l'extérieur. Les branches dénudées des arbres, les fils électriques, les feux de circulation se balançaient, poussés par les bourrasques.

Le ciel s'assombrissait. Je mis le pied sur terre. Je fis mes adieux à Henri. Mon ventre gargouillait. J'allumai une cigarette, expiant un nuage blanc nocif. Ensuite, je pris la route. Je connaissais un peu le coin, puisque le clan Levasseur y avait élu domicile, quelque part, par derrière le boulevard et les commerces. Je devais être prudente. Croiser un membre de ma famille serait fatal pour mes projets. Même avec les cheveux courts, j'étais certaine que ma grand-mère et mes tantes pouvaient me reconnaître. Elles étaient imbattables, pour identifier des gens qu'elles n'avaient pas revus depuis des lustres.

Je devais sortir du quartier. Il me fallait également ménager mes maigres économies. La faim, pourtant, l'emporta un peu sur la raison. Je connaissais l'existence d'un McDonald's, un peu plus loin. La nourriture n'était pas la meilleure, mais elle avait l'avantage d'être très peu coûteuse. De plus, j'y serais en sécurité; les Levasseur détestaient ce genre d'établissement. Rien que des restaurants de qualité pour le clan!

Je marchais toujours. Des images, comme un film en noir et blanc, se formaient dans mon esprit. Une jeune femme, les cheveux frisottés, les lèvres peintes, portant un tablier sur une robe, accueillait son mari de retour du travail. Elle se levait sur la pointe des pieds pour l'embrasser. Puis, il lui donnait son manteau et son chapeau de feutre. Il s'agissait de Michel. L'épouse se retourna, apportant les vêtements. La vision s'éteint.

Le McDonald's se dressait devant moi. Enfin! J'entrai, trop heureuse de trouver un peu de chaleur. Mes orteils me brûlaient. Je m'avançai au comptoir, commandai un hamburger, des frites, un café et deux chaussons aux pommes bien chauds. J'en profitai pour questionner l'employée sur le chemin pour me rendre à la gare d'autobus. Elle l'ignorait. Ce n'était pas grave. Je pris mon plateau, trouvai une table. Je retirai mon manteau, m'installai et mangeai avec grand appétit.

Une fois repue, je tournai mon foulard noir autour de mon cou maigre, me rhabillai pour affronter le froid. Je sortis de l'établissement. Allumant une cigarette, je levai les yeux sur le ciel sans étoiles. Étaient-ce des nuages qui les cachaient ou les trop nombreuses ampoules multicolores de la métropole empêchaient-elles les cieux de briller? J'avançai d'un pas ferme, les épaules par devant, espérant que cette position me protège du vent. Perdue dans mes pensées, je ne regardais pas vraiment où j'allais. Une lumière vive sur ma gauche m'avertit de tourner la tête. Le son d'un klaxon tentait de me sortir de ma torpeur. Je ne bougeai cependant pas d'un iota. Paralysée comme une sculpture de glace au Carnaval de Québec.

J'ouvris les yeux. J'aperçus des tuiles blanchâtres parsemées de centaines de petits points noirs. Un plafond. Mais, quel plafond? N'étais-je pas en train de fumer une cigarette sur un trottoir de Montréal, en pleine soirée glaciale d'un hiver n'en finissant plus? Je tournai la tête à gauche : un rideau bleu fatigué était tendu, formant un mur protégeant mon intimité. J'entendais des gens parler, derrière le tissu. À ma droite, une fenêtre aux stores verticaux beiges fermés, une table de chevet et une chaise de plastique vert.

Mon corps tirait, poussait dans toutes les directions en même temps. J'avais l'horrible impression d'être écartelée. Je tentai de me redresser. Le vertige qui me prit me dissuada de tout nouvel essai. La tête sur un oreiller inconfortable, je soupirai. Je me trouvais dans une chambre d'hôpital. Ce n'était pas une bonne nouvelle. Je jetai un œil sur ma main droite pour y voir des fils branchés à un petit tube métallique bien entré sous ma peau. Je me sentais exactement comme dans un manège, à Expo-Québec. Je me rendormis en me demandant depuis combien de temps j'étais étendue sur ce lit.

Lorsque je m'éveillai de nouveau, je découvris ma mère installée sur la chaise de plastique. Que faisait-elle là? Comment avait-elle su? Je tentai de me redresser lentement. L'étourdissement fut léger, mais me retint tout de même sur l'oreiller. Je vis maman se lever, approcher de moi avec un large sourire aux lèvres.

– Laisse-moi t'aider à t'asseoir, ma puce, dit-elle d'un ton maternel, joignant la parole au geste. Voilà, tu vas être mieux de même. C'est normal que tu sois un peu étourdie, à cause des antidouleurs qu'ils t'ont donnés cette nuit.

– Cette nuit?

– Oui. Tu as dormi comme un bébé, paraît-il. Papa puis moi, on est arrivés ça fait à peine une heure. Je te dis qu'on était inquiets rare!

– Qui c'est qui vous a appelés?

– L'hôpital. T'avais tes cartes d'identité dans ton portefeuille. Et puis, notre adresse, puis notre numéro de téléphone sont écrits sur ton sac.

– Léger détail qui m'a échappé, murmurai-je, sarcastique.

Ma tête semblait serrée de tous les côtés à la fois. Je me frottai les yeux.

– Tu te souviens de ce qui s'est passé, ma puce?

– Où c'est qu'il est, p'pa?

– À la cafétéria. On s'est dit que t'aurais sûrement faim en te réveillant. Il est allé voir ce qu'il y a au menu. Puis, tu te rappelles-tu?

– Non. Pas full, non. Juste… juste de la lumière. Tu le sais-tu, toi, ce qui s'est passé?

– Tu t'es fait frapper par un gars saoul. Maudite boisson! En tout cas, on est chanceux rare, parce que t'aurais pu te ramasser en chaise roulante!

– Tant que ça?

– Ouin. Il y a des témoins qui ont dit à la police que t'es allée revoler loin. Le docteur a dit que tu étais passé proche. Mais, finalement, t'as juste la jambe pas mal cassée.

– Qu'est-ce que tu veux dire par : pas mal cassée, m'man?

– Fractures multiples. À trois places.

– Calvaire!

– Jocaste! Ton langage.

– Bien là! C'est pas toi qui est pris dans le plâtre, hein!

– Non, puis c'est pas toi qui s'est fait un sang de cochon toute la journée d'hier parce que sa fille a fugué, puis qui la retrouve dans un hôpital de Montréal, la jambe dans le plâtre parce qu'elle s'est fait frapper par un sans-génie qui est pas capable de prendre un taxi quand il a bu!

Ma mère se rassit. Les autres patients de la pièce ne se forçaient même pas pour faire semblant de ne pas écouter. Ils me regardaient tous d'un air désapprobateur, sourcils froncés. Mon père entra. Il vint m'embrasser sur le front.

– Content de te voir réveillée, Jo.

– Merci, p'pa.

– Tu dois avoir faim, non? Il y a pas grand-chose, dans cet hôpital. Si tu veux, je peux appeler grand-maman pour qu'elle te prépare de quoi. Je vais aller te chercher ça. Qu'est-ce qui te ferait plaisir?

– Rien. J'ai faim, mais pas full. Dérange pas grand-maman pour ça. Juste une poutine, à la cafétéria, ça va faire l'affaire.

– Pas très santé, mais c'est bien correct. J'y vais, je reviens, dit papa en tournant la tête vers maman. Candide, tu veux de quoi?

– Une poutine aussi, parce que je suis sûre qu'en voyant la petite en manger, ça va me donner le goût.

Mon père éclata de rire en sortant de la pièce. J'avais réussi à éviter qu'il appelle sa mère, laquelle aurait alarmé le clan Levasseur au grand complet, lequel se serait précipité dans ma chambre d'hôpital avec des fleurs, des bonbons, des chocolats et des ours en peluche. Une véritable honte venait de m'être épargnée!

Ma mère regardait dehors. Elle avait approché sa chaise. Sans se retourner, elle se mit à me parler à voix basse. Ses épaules se voûtaient.

– Pourquoi t'es partie, hier, Jo? demanda-t-elle.

– Parce que. Je sais pas. J'en ai juste assez de toute cette marde, dans ma tête, qui lâche pas. Puis, toi puis p'pa... vous me traitez encore comme si j'avais sept ans. Ça m'aide crissement pas, tu sais!

– Jocaste-

– Oui, je sais, mon langage. Bien, j'en ai ras-le-cul de faire semblant d'être une bonne fifille à sa meuman. Écoute : je sacre, je fume, je bois. Je suis une ado normale, maman!

Elle se tourna. Son visage doux avait vieilli. Elle me regardait avec des yeux si tristes qu'un frisson me parcourut.

– T'auras beau te battre, ma puce, tu ne seras jamais réellement normale avec ce que tu as vécu. Oublie ça, ma chérie. Accepte-le.

Elle jouait avec son anneau en or, scellant son union avec papa.

– Tu sais, Jocaste, quelqu'un qui perd une jambe ne sera jamais capable de remarcher s'il accepte pas la perte de la jambe. Oui, il va avoir une belle prothèse, mais s'il accepte pas, la prothèse servira à rien. C'est pas magique. C'est un outil. Toi, c'est la même chose. Accepte qu'Amanda soit partie. Accepte que Michel soit en prison. Accepte que t'es pas responsable de l'un ou de l'autre de ces drames. C'est juste là que tu vas pouvoir marcher avec la prothèse. En attendant, t'es prise. Tu peux pas avancer.

Elle lâcha son anneau. Je soupirai devant cette sagesse qu'elle ne sortait pas souvent au grand jour.

– Tu sais, ma fille, je le sais que tu dors pas. Je sais que tu fais plein de cauchemars. Pourquoi que tu veux pas prendre des somnifères, quand c'est juste trop? T'es pas obligée d'en prendre tous les soirs. Juste quand t'arrives pas à dormir.

– Ça, m'man, c'est tous les soirs. Mais, si c'est si important, je peux bien essayer.

Elle prit ma main, la serra contre sa joue. J'eus envie de la retirer, mais une vague impression de bien m'envahit. Ma mère n'avait peut-être jamais tenté de mettre fin à mes jours? Si je ne m'étais que trompée? Supposons qu'elle versait des vitamines, dans les verres de jus. J'étais pâle et maigre. Elle, en bonne maman, pensait sûrement que j'avais besoin d'un petit coup de pouce, mais qu'à mon âge, je refuserais toute aide. Ce serait tout à fait légitime.

Parce que, si elle avait tenté de m'assassiner, elle ne se serait pas précipitée dans un hôpital laid de Montréal, pour retrouver sa mauvaise fille, sans prendre le temps de se coiffer et de se maquiller.

13

Le soleil se pointe, quelques fois par jour. Il me fait grand bien! Mon humeur est presque toujours bonne, quand monsieur Soleil est présent. Je devrais habiter au Mexique. Je m'imagine faisant la sieste, sous un parasol. Je crois bien que je n'ai pas été une fille assez sage pour mériter les pays chauds. L'hiver est mon chemin. L'hiver sombre, froid, blanc.

Mes parents me ramenèrent à la maison dans la journée. Rénald se précipita à notre rencontre dès que nous passâmes la porte de la cuisine. Il me serra contre lui, si fort que je laissai échapper un petit cri.

– Oups, dit mon frère en riant. Excuse-moi, je voulais pas te casser.

– C'est correct, Ré. Ton accueil chaleureux est pour moi une source intarissable de réconfort et restera à jamais gravé dans ma mémoire, dis-je en mimant un acteur de théâtre.

– Nounoune!

Il m'asséna une claque dans le dos.

– M'man? demanda-t-il en arrêtant de rire.

– Quoi? répondit maman.

– Je pense que tu devrais appeler grand-maman, parce que, je lui ai comme qui dirait… euh… bien… mis un peu la puce à l'oreille quand elle a appelé tantôt-

– Merde! laissa filer mon père entre ses dents.

– Je m'excuse! s'écria mon frère. C'est juste que, quand j'ai répondu, j'étais tellement inquiet que grand-maman l'a entendu dans ma voix. Tu le sais, on peut rien lui cacher! Plus qu'elle vieillit, pire qu'elle est!

– Rénald, parle pas de même de ta grand-mère, gronda maman en fronçant les sourcils. Jocaste, as-tu faim, ma puce?

– Non, pas full. Je te dirais que j'ai plus envie de regarder la télé que de souper, là.

– C'est correct. Faites donc ça. Allez écouter la télé pendant que je téléphone à grand-maman pour la calmer, avant qu'elle appelle l'armée.

Mon père ne put s'empêcher de rire à gorge déployée, malgré les gros yeux fâchés de maman. Rénald fuit à toutes jambes. Je pris mon temps, avec mes béquilles, pour le rejoindre. Je souhaitais entendre ce que ma mère dirait à ma grand-mère.

– Allô? demanda maman. Madame Levasseur? Oui, c'est Candide. Attendez-moi un instant, s'il vous plaît.

Ma mère se tourna vers moi, un sourcil levé, le poing sur la hanche.

– Veux-tu bien filer dans le salon? murmura-t-elle.

Je souris en accélérant la cadence. Arrivée au salon, je posai mes béquilles devant le sofa de cuir brun où je me laissai tomber paresseusement.

– Il me semble que ça fait une éternité que je suis pas venue ici, dis-je en jetant un œil sur les fenêtres aux rideaux de dentelle blanche.

– Bien, au moins trois jours, répondit Rénald.

– T'es drôle. Qu'est-ce que t'écoutes?

– Je sais pas. Il y a rien de bon. On pourrait écouter Musique Plus.

– Ouin, pourquoi pas?

– Veux-tu bien me dire pourquoi t'as fait une fugue?

– Je l'aime pas, cet animateur-là.

– Change pas de sujet. On est tous seuls, là. Dis-moi donc ce qui t'a passé par la tête! Si t'avais vu la panique des parents-

– Tu peux pas comprendre, Ré.

Il fit craquer ses longs doigts, plissa le front, se rapprocha.

– Écoute, Jo, je sais que tu nous fait pas full confiance. Je sais que Déric puis Fabien ont jamais été bien fins avec toi. Mais, il me semble que moi, j'ai toujours été là, puis que je t'ai toujours défendue. J'ai jamais ri de toi, moi.

– Je sais, Rénald.

– Bien. Peut-être bien que je peux pas comprendre à cent pour cent. Mais, je peux au moins essayer.

– Peut-être.

Je me concentrai sur la télévision. Je ne pouvais pas me résoudre à dire la vérité. Même à Rénald. Surtout à Rénald.

– C'est-tu à cause de Brian? demanda mon frère.

– Non. Ce con-là, j'en ai rien à cirer. Je l'ai jamais aimé. J'avais juste… j'avais juste besoin de me sentir vivre. Il m'apportait un peu de vie. C'est tout.

Rénald se cala sur le sofa, tourna la tête vers la télévision, puis l'éteignit sans avertissement.

– C'est que tu fais? questionnais-je, surprise.

– Je ferme la télé. Écoute, dans la cuisine.

Je portai attention. À l'autre bout de la maison, ma mère pleurait. J'entendais mon père la consoler, lui dire qu'elle n'y était pour rien, qu'elle était une bonne mère, qu'elle faisait tout ce qui était en son pouvoir pour ses enfants, qu'elle avait besoin de repos.

– Il est quelle heure, murmura Rénald?

Je jetai un œil sur la minuscule horloge de table, posée près du sofa, à ma gauche.

– Six heures et cinq. Pourquoi? Ré, où tu vas?

Il s'était levé d'un coup sec. Je tendis l'oreille pour écouter. Il parlait fort, sans doute pour que j'entende bien.

– M'man, P'pa, pourquoi vous iriez pas au resto, souper en amoureux? demanda mon frère. Je vais m'occuper de Jocaste. Vous avez vécu de grosses émotions. Ça vous ferait du bien.

Je perdis le fil de la conversation pendant une bonne minute.

– Bien oui, ça me fait plaisir, m'man! s'écria Rénald. Va te faire belle, là. Juste un peu de maquillage, ça va faire la job. T'es belle de toute façon!

Mon père se pointa dans l'embrasure de la porte du salon. Il souriait.

– Jo, mon ange, ça te dérange-tu si Rénald reste pour s'occuper de toi? Maman puis moi, on irait au resto. Maman est très fatiguée-

– C'est cool! le coupai-je. Vous avez besoin de repos. Moi, je mérite même pas qu'on prenne soin de moi. Il est fin, Ré, de rester ici. J'ai l'impression d'être une enfant qu'on fait garder.

– C'est gentil, répondit papa. Ça va nous faire du bien. Beaucoup de bien.

Il s'éloigna. À peine quinze minutes plus tard, mes parents étaient partis. Mon frère revint me trouver au salon.

– Bon, pas question de te sauver, la petite, hein! dit-il. Tu veux qu'on se fasse venir une pizza? P'pa m'a laissé de l'argent pour ça.

– Garnie. Il y a-tu du Pepsi?

– Oui, dans le frigo. Je reviens. Bouge pas, là!

Il alla téléphoner à la pizzeria. Il fut bientôt de retour avec deux grands verres de boisson gazeuse qu'il posa sur la table devant le sofa. Il me tendit mes béquilles.

– Tiens, prends ça, viens avec moi.

– Hein?

– Tais-toi puis suis-moi.

Je me levai, avec son aide. Je le suivis en grimaçant, à cause des meurtrissures aux aisselles que mes appuis m'infligeaient. Mon frère m'aida à enfiler mon manteau et à mettre mon pied valide dans une botte. Nous sortîmes sur la galerie d'en arrière. Je lui emboîtais péniblement le pas vers l'extrémité la moins éclairée. Il était occupé à allumer un joint.

– Rénald! m'écriai-je.

– Chut! Franchement, tu veux-tu que la Dumont t'entende crier?

– Non, murmurai-je en pouffant de rire.

Madame Dumont, notre voisine, vieillissait mal. Elle devenait la commère du quartier. Tous les adolescents la fuyaient comme la peste.

– Tu vas pas me dire que tu refuses une petite pof avec ton grand frère?

– Non, je te dirai pas ça, répondis-je en saisissant le joint. Ça va juste me faire du bien, parce que les maudites pilules qu'ils m'ont prescrites, à l'hôpital, c'est de la marde.

Je tirai quelques bouffées.

– Ah ouin? Ça te fait-tu bien mal?

– C'est terrible, Ré. J'aimerais quasiment mieux plus avoir ma jambe pantoute!

Il sourit en laissant échapper un peu de fumée. Une fois la drogue terminée, il m'aida à retourner au salon. J'allumai la télévision en attendant la pizza. Dans l'entrée de la cuisine, mon frère rangeait mes vêtements d'extérieur. Il ne vint me rejoindre que lorsque le repas fut arrivé. Il apporta deux assiettes, deux couteaux et du beurre. Il s'assit à côté de moi.

– J'ai toujours trouvé que p'pa puis m'man sont sévères, dit-il en mâchant une bouchée. J'imagine qu'ils sont restés pognés dans les années cinquante.

– Ouin.

– Avec toi, ils doivent être pire, vu que t'es une fille. Les parents ont tendance à plus s'inquiéter pour les filles.

– Mets-en!

Je pris une gorgée de boisson gazeuse, avant de mordre à belles dents dans ma pizza.

– Puis, pourquoi t'es partie, Jo?

– À cause que j'en peux plus. M'man puis p'pa me traitent comme si j'avais sept ans. Puis, je m'ennuie trop de Michel. Puis, je me suis rendu compte que je peux pas me sauver nulle part du fantôme d'Amanda. En plus, parce que je dors pas quand je prends pas de pot, bien j'ai pensé que m'man…

Je mangeai une autre bouchée. Rénald ne me regardait pas. Il mastiquait, donnant l'impression qu'il était seul dans le salon. Je sentis mes épaules devenir plus légères. L'effet de la marijuana engourdissait la douleur dans ma jambe. L'image de Michel me vint en tête.

– J'ai pensé que m'man voulait se débarrasser de moi. Ça fait que je suis partie.

– Puis t'as fait couper tes cheveux pour pas qu'on te reconnaisse?

– C'est ça.

– Ça te fais bien, les cheveux de même.

– Merci.

– T'as l'air plus vieille, plus de ton âge. Si t'étais pas ma sœur, je dirais même que t'es belle. Mais, comme t'es ma sœur, je vais me contenter d'empêcher tous les gars de te regarder!

Il éclata de rire. Je lui assénai un coup de poing sur l'épaule. Je me sentais libre. J'avais envie de rire avec lui. Je ne me retins pas.

– Ça fait tellement de bien d'entendre ton rire, Jo, dit-il soudain, sur un ton doux que je ne lui connaissais pas. Tu sais, je pense que Michel est le gars qui a le plus hâte de sortir de taule de toute la Terre.

– Pourquoi tu dis ça?

– Bien, à cause des lettres qu'il t'envoie.

– Quelles lettres? m'écriai-je.

– Celles que maman te donne pas, là.

– Quoi? Pourquoi m'man me donnerait pas-

– Jocaste, penses-y. Elle veut te protéger d'un méchant criminel! Elle pense que c'est mauvais pour toi d'avoir de ses nouvelles. En tout cas, c'est ce que je l'ai entendu dire à p'pa.

Je n'en revenais pas. Rénald mit une main sur la mienne.

– Écoute, Jo, ça fait un bail que j'essaie d'être tout seul avec toi pour t'en parler. Mais, je pense que m'man s'en doutait, parce qu'elle me laisse jamais t'approcher. P'pa doit pas être au courant que je sais, pour les lettres. Elle a protesté pour pas aller au resto, tantôt, mais p'pa l'a convaincue.

– Est-ce qu'elle les a jetées, les lettres?

– Je sais pas. La seule chose que je sais, c'est que je l'ai vue plusieurs fois se dépêcher à trier le courrier. Je me demandais pourquoi, ça fait que je l'ai un peu espionné, genre.

– T'es hot!

– Bof! Au début, c'est parce que je pensais qu'elle avait un amant.

– Rénald! Comment t'as pu penser ça? M'man passe vingt-trois heures par jour dans la maison. Puis quand elle sort, c'est en général pour étendre le lavage ou prendre un café avec madame Dumont.

– Justement. C'est ce qu'on pense. On est pas tout le temps là. Puis, p'pa travaille trop. Ça fait que je me suis dit qu'elle s'ennuyait peut-être. Bref, je me suis mis à fouiller, puis j'ai appris que c'était des lettres de Michel.

– Elle va me le payer! m'écriai-je.

– Calme-toi. J'ai de quoi à te proposer, justement.

Je le regardai. Il conservait ses yeux taquins de l'enfance, bien que sa barbe blonde trahissait son désir de paraître mature. Il mâcha le dernier morceau de sa pizza, avala, pris une gorgée de Pepsi et rota.

– Pardon!

– Envoye, parle! dis-je, exaspérée.

– Bien, je me suis organisé avec Fabien pour qu'il loue une case postale, au bureau de poste.

– Hein?

– Ouin, comme ça, on peut recevoir de la malle sans avoir peur que m'man l'intercepte. Fab aussi, il est écoeuré. Parce qu'il y a pas juste toi qui a pas vu les lettres qui lui avaient été envoyées.

– Bien, voyons? Comment tu sais ça?

– Bof, en l'espionnant, j'ai vu qu'il y avait souvent des lettres pour Fabien qui se rendaient pas à lui. Un plus un, bien ça fait deux. Ça fait que j'ai pensé à une case postale. Si tu veux, tu peux la partager avec nous autres.

– Cool! Si je pouvais, je t'embrasserais!

– Pourquoi tu peux pas?

– Ma pizz va tomber, répondis-je en ricanant.

Il déposa son assiette sur la table. Il s'assit en indien.

– Écoute, le plan est simple. Écris à Mich pour lui donner l'adresse de la case postale. Pendant le temps que tu vas être en béquille, je vais m'occuper de poster tes lettres puis de récupérer celles de Michel. Je te demande juste de payer tes timbres, puis le tiers du prix de la case postale.

– Cool!

Un soupçon monta en moi, qui me fit lever un sourcil.

– Ré? Pourquoi le tiers?

– Bien, parce que je vais m'en servir, moi aussi. Crime! Je veux pas que m'man lise mes lettres! Je sais que Fab, lui, il regardera même pas : il se fiche bien de moi, depuis qu'il est en amour avec sa Mélanie.

Je me détendis et finis ma pizza. Il regardait la télévision. Pendant cinq minutes, le silence me réconforta. L'idée de mon frère me plaisait.

– Qu'est-ce que tu reçois par la poste qu'il faut que tu caches à m'man, coudon? questionnai-je. Des Playboy?

– Non, pas vraiment.

Il remuait, jouait avec ses doigts, se grattait la tête.

– Voyons, pourquoi que t'es si stressé, là? Tu peux me faire confiance. Je t'ai bien fait confiance, moi! m'exclamai-je.

– T'as raison. Mais, c'est dur à dire. Par exemple, j'ai pas le choix, si tu partages les frais de la case postale… puis, tu passeras pas ta vie en béquilles. Je veux dire, un moment donné, tu vas tomber dessus. Puis, tu vas comprendre. Puis, je suis sûr que tu peux garder mon secret. Tu peux, hein?

Il prit mon assiette vide, la déposa sur la table, attrapa mes mains. Il les serrait si fort! La pointe de mes doigts devint mauve.

– Jocaste, je suis en amour avec-

– Avec un gars de la Côte-Nord? le coupais-je en riant.

– Euh… non, pas full, non. Plus avec un gars d'Ottawa.

J'arrêtai de rire d'un coup. Était-ce un rêve sans queue ni tête, ou étais-je vraiment assise sur le sofa, gelée comme une balle, digérant de la pizza, en écoutant mon frère m'avouer qu'il était homosexuel?

– Rénald, es-tu en train de me dire que t'es gai?

– Si c'était juste ça, ce serait moins lourd-

– Puis Karine? Puis Isabelle? Puis Marie-Hélène? Puis-

– Puis toutes les filles? finit-il. Je sais, Jo, ça a l'air un peu étrange. Je pense que je suis bi. Parce que tu sais, quand je me suis rendu compte que j'avais des sentiments pour Tom, j'ai paniqué. Ça fait que j'ai voulu vérifier. L'enfer! J'ai découvert, je t'épargne les détails de ma démarche scientifique, que je suis autant excité par les gars que par les filles.

Il renifla. Je dégageai mes mains pour lui ouvrir les bras. Il se blottit contre moi, les épaules secouées de sanglots silencieux. Je lui caressai les cheveux.

– Ça fait du bien d'en parler. Merci, Jo. Il y a personne d'autre que toi qui peux m'écouter sans me juger. Peut-être même me comprendre. Fabien le sait pas.

Il pense juste que je veux avoir la paix pour correspondre avec un gars de l'Ontario, pour améliorer mon anglais.

Le comprendre? Les femmes ne m'intéressaient pas. Ou, peut-être que si. Je n'en étais plus certaine. Tout ce que j'avais estimé être la réalité m'était désormais inccrtain. Moi qui croyais que mes frères étaient trois parfaits exemples de la normalité. Je venais de recevoir une douche froide.

– Rénald. Quand j'ai dit tantôt que je pensais que m'man voulait se débarrasser de moi, je voulais dire que je pensais qu'elle voulait m'assassiner.

Les mots étaient sortis sans obtenir ma permission. Mon frère n'avait pas bougé.

– J'avais compris, pinotte, murmura-t-il. Ce que je comprends pas, c'est comment tu peux avoir pensé ça. M'man donnerait sa vie pour te voir sourire. T'es la fierté de son existence. Elle t'aime pas mal plus que nous autres.

– Pourquoi tu dis ça?

– Parce que c'est de même.

Il se rassit, fixant la télévision.

– Va donc me chercher une clope, Ré, s'il te plaît. Mon pack est dans mon manteau.

Il rit en se levant. Il revint avec mon paquet et mon briquet. Il avança le cendrier. J'allumai ma cigarette après en avoir offert une à mon frère.

– C'est trop con, que m'man m'ait pas donné les lettres de Michel, m'exclamai-je plus pour moi-même. Trop con!

Je sentis la main de mon frère sur mon épaule.

14

Je n'arrive pas à dormir, même avec les médicaments. L'expiation de mes péchés me rend nerveuse. J'ai des images, dans ma tête, qui tourne sans cesse. Un film d'horreur me collant à la mémoire. En boucle. Fatal miroir de mon passé. Maudite mémoire!

La nuit est belle, derrière la vitre de ma fenêtre. Elle semble douce, pour la saison. Juste un peu froide. Le printemps approche. À l'extérieur, du moins. Car à l'intérieur des murs de l'établissement, le printemps n'arrive jamais. On pourrait croire que novembre est constamment le mois au calendrier. Même les jours où il y a du pudding chômeur, au dîner.

Je venais d'apprendre que ma mère interceptait mon courrier. Les jours qui suivirent ma soirée avec Rénald furent pénibles. J'avais peine à endurer la douleur dans ma jambe cassée. Je tolérais mal les antidouleurs. Lorsque je voulais en avaler, j'avais la sensation de me noyer. Je paniquais. Je recrachais le médicament. Je ne réussissais à en prendre qu'une fois sur deux.

Le lendemain, Fabien m'avait donné une petite clé, en revenant de son travail. En retour, je lui refilai tout ce qui me restait d'argent de mon escapade à Montréal. Cela suffirait à payer quelques semaines. Il me jura de ne pas se mêler de mes affaires, si je ne posais pas de questions sur les siennes. C'était un bon marché. J'écrivis immédiatement à Michel, pour lui expliquer que je n'avais jamais reçu ses lettres.

Les sentiments que j'avais ressentis pour ma mère, alors qu'elle tenait ma main à l'hôpital, s'étaient éteints. La colère me possédait. La haine m'envahissait. Maman mettait ma mauvaise humeur sur le compte de la douleur. Chaque soir, elle m'apportait un jus d'orange. Elle s'assoyait sur mon lit, tentait d'alimenter la conversation pendant que je buvais. Elle ne me laissait pas me coucher si je n'avais pas vidé le contenu du verre. Elle y mettait des médicaments, car la douleur à ma jambe s'estompait, peu de temps après que je l'eus ingéré. Je ne dormais que quelques heures. Les cauchemars me réveillaient.

Mes rêves avaient évolué. Au lieu de courir après la mère d'Amanda pour l'assassiner, j'étais poursuivie par ma mère. Parfois, le fantôme de mon amie tentait de me protéger. La plupart du temps, mon père arrivait de nulle part pour aider sa femme. Ensemble, ils me dépeçaient vivante, riant à gorge déployée, léchant mon sang sur leur couteau, brûlant mes membres en dansant de joie autour du brasier.

Je donnai une première missive à poster à Rénald. Il s'écoula une dizaine de jours avant que mon frère n'entre dans ma chambre sans frapper. Il tenait une enveloppe, qu'il me secouait sous le nez.

– Salut la puce!

– Salut, Ré. Coudonc, toi, t'as jamais appris à cogner avant d'entrer dans la chambre des autres?

– Excuse-moi, je suis comme tout énervé, là! Regarde ce que j'ai-

– Oh, oui, je vais très bien, je te remercie. La douleur s'en va, puis je suis bien contente.

– Hein? Je t'ai même pas demandé-

– Justement. Tu aurais pu me demander comment je vais avant de m'attaquer avec ta lettre!

J'ignorais pourquoi j'étais en colère.

– Fâche-toi pas, Jo. La lettre, c'est pour toi. Moi, j'en ai reçu une hier.

– Donne-moi ça!

Je tendis la main, il ne bougea pas.

– Rénald Levasseur, donne-moi ça! m'écriai-je.

– Fais-moi un sourire avant.

Je lui souris de toutes mes dents, exactement comme une comédienne dans une publicité de dentifrice. Il rit en me remettant la missive. Il sortit à la course, claquant ma porte.

Je n'osais pas décacheter l'enveloppe. Je tenais enfin une lettre de Michel dans mes mains. La peur que ma mère entre, découvre mon crime et me confisque mon trésor me paralysait. Je contins ma fébrilité. Je décidai de cacher l'envoi sous mon oreiller, pour l'ouvrir pendant la nuit.

Le reste de la journée fut long, pénible, cruel. Le temps s'amusait à couler lentement, me narguant. Je pouvais presque entendre mon réveil-matin rire : « Nah, nah, tu vas sécher jusqu'à cette nuit! ». Ma mère chantait, dans la cuisine, en repassant les uniformes de mon père. Après une trentaine de minutes, je m'assoupis.

Quand j'ouvris les yeux, mon réveil-matin affichait dix-huit heures quatre. Je me levai péniblement de mon lit, pestai contre le plâtre qui me handicapait, puis sortis de ma chambre. J'étais devenue habile avec les béquilles. Mes déplacements s'effectuaient de mieux en mieux.

Assis à la table, mes parents sirotaient un café. Mon père sourit en m'apercevant. Ma mère se précipita aussitôt pour mettre une assiette au four à micro-ondes. Je m'installai.

– Puis, ma puce, ça va? demanda papa. Ça a dû te faire du bien de dormir un peu?

– Mouin. On peut dire ça.

– Tu sais, ça tombe bien que tu nous rejoignes à cette heure-là, continua-t-il en allumant une cigarette. Rénald est sorti pour la soirée, puis Fabien dort chez sa blonde, ce soir.

– Ouin, puis? répondis-je sèchement.

Ma mère apporta un napperon et une fourchette, qu'elle plaça devant moi.

– Bien, c'est que ta mère puis moi, il faut qu'on te parle, puis on n'avait pas envie que tes frères soient là.

– Ah, bon. C'est qui a de si grave, coudonc?

– Rien de grave en tant que tel, Jocaste, dit ma mère en posant mon assiette devant moi. C'est juste qu'on voulait être tous seuls avec toi, ma chérie.

Je pris une bouchée de pain de viande et de purée de pommes de terre. Je dus souffler un peu dessus avant de la mettre dans ma bouche.

– Tu sais, ça fait deux semaines que tu es à la maison, renchérit mon père. Il va falloir que tu retournes à l'école, là.

Je manquai de m'étouffer. Maman se leva en catastrophe, prit un verre dans l'armoire, y fit couler de l'eau et me l'apporta à la course. Je vidai la moitié du liquide d'un trait.

– Quoi? m'écriai-je enfin. Aller à l'école amanchée de même? C'est full glissant, dehors. M'as me péter la gueule, avec ces maudites béquilles-là!

– Calme-toi, ma puce, continua ma mère sur un ton trop doux. Il t'arrivera rien. On a pensé à tout.

– Le contraire m'aurait étonnée, murmurai-je entre mes dents.

Je pris quatre rondelles de carottes bouillies, les mastiquai plus que nécessaire. Papa tirait des bouffées sur sa cigarette, maman remuait la cuillère dans son café.

– Bon, OK, dis-je en avalant mes légumes. Dites-moi votre plan.

– Ton père a réussi à avoir un horaire spécial, au travail, répondit ma mère.

– Wow! T'es rendu important, me moquai-je.

– Arrête donc! lança papa en m'adressant un clin d'œil. C'est justement parce que ça a été long pour avoir un lousse dans mon horaire que t'es restée ici pendant deux semaines.

– Moi qui pensais juste que vous aviez compris que ça me fait mal, puis que je vais avoir de la misère à me concentrer à l'école.

Je soupirai, vidai mon verre d'eau avant d'attaquer une autre bouchée de viande.

– Très drôle, Jocaste Levasseur! continua maman. Tu vas pas te sauver de l'école aussi facilement-

– Heille, c'est pas facile! m'écriai-je. Ça fait mal pour vrai.

– On le sait. Mais, c'est pas une raison pour couler ton année. L'école, c'est important, ma fille.

– Je sais, m'man. Bon, qu'est-ce qui va se passer? Comment vous allez m'organiser la vie, là?

– Simple, répondit papa, je vais aller te porter tous les matins à la poly, puis je vais passer te prendre après tes cours, en après-midi, pour te ramener à la maison.

– Ouin, puis pourquoi qu'il te fallait un horaire spécial?

– Bien, ma puce, d'habitude, je chauffe mon autobus sur les circuits aux heures de pointe. Là, je pourrai pas, parce que ça marche pas avec ton horaire. J'espère juste que le docteur va nous donner des bonnes nouvelles demain. J'espère que je serai pas obligé de faire ça longtemps, parce que là, je vais travailler comme en deux fois, tous les jours.

– Oh, c'est pas cool, ça! dis-je en finissant mon assiette.

J'avais complètement oublié ce rendez-vous.

– C'est à quelle heure qu'on va chez le doc, m'man?

– À deux heures, demain après-midi.

– Ça fait que je vais manquer l'après-midi, au moins!

– Oui, répondit-elle, on a pas vraiment le choix, là. En tout cas. Ton directeur est au courant, il m'a dit qu'il mettrait tes profs au courant aussi. Ça fait que quand tu vas arriver, demain matin, il faut que tu ailles au secrétariat. Il va y avoir quelqu'un pour te donner un coup de main avec tes livres.

Je n'avais pas songé à la situation, pendant que je mangeais. En effet, il me serait pénible de transporter mes affaires en béquilles.

– Qui ça? lançais-je plus pour moi-même.

– Je sais pas trop, là. Le directeur a dit qu'il allait trouver un élève pour t'aider. Il a pas dit qui.

– Bah, pas grave, ajoutai-je. L'important, c'est de faire semblant que je suis contente qu'il m'aide. Le directeur, il aime ça, quand on est contents. Puis, quand on le met de bonne humeur, il s'en rappelle toujours.

Je me levai, passai à la salle de bain, puis me rendis au salon pour regarder la télévision. La soirée se déroula dans un calme plat, mes parents préférant jouer aux cartes plutôt que m'accompagner devant les émissions ennuyantes. Je retournai au lit vers vingt-deux heures. Ma mère m'attendait avec son éternel verre de jus d'orange, que je vidai presque d'un trait.

Enfin seule, je pus ouvrir la précieuse lettre de Michel, cachée sous mon oreiller. Mes mains tremblaient, en tournant l'enveloppe dans tous les sens. Quelque chose me retenait. Et si Michel m'écrivait qu'il ne voulait pas me retrouver, qu'il m'avait depuis longtemps oubliée, qu'il avait une blonde? Mon cœur battait trop fort, j'eus la nausée. Je devais savoir. Je sortis la lettre.

Mes peurs avaient été inutiles : Michel disait s'ennuyer de moi, avoir hâte de quitter la prison pour me serrer très fort contre lui, pour humer l'odeur de ma peau, pour sentir la douceur de mes cheveux entre ses doigts. Il me promettait de venir me chercher dès qu'il serait libre. En attendant, nous pouvions correspondre. La lettre se terminait avec un post-scriptum : « Dis à ton frère que son idée est brillante et que je lui en serai toujours reconnaissant. »

Je lus et relus la missive jusqu'à ce que le sommeil m'emporte. Le lendemain, après le dîner, en attendant le départ pour le rendez-vous avec le médecin, j'écrivis à Michel. Je lui confiai toute la haine que je ressentais pour ma mère, combien je détestais recevoir ses soins! Je ne rêvais que d'une chose : être libérée du joug de mes parents.

Le docteur m'apprit que j'en avais pour quelques semaines encore avant de pouvoir retirer le plâtre. Je n'aurais pas de séquelles. Les fractures semblaient être moins graves qu'on l'avait prétendu à l'origine. Je n'aurais pas à subir une rééducation pour marcher. Les médecins avaient eu peur que j'en aie besoin. D'entendre cela me donna des ailes.

Les jours, puis les semaines passèrent. À la polyvalente, le jeune homme qui avait été désigné pour m'aider fut déçu de me voir arriver, un beau matin, sans plâtre. Je lui demandai encore un peu son assistance, puisque je devais m'appuyer sur une canne pour avancer. Ma jambe était fragile. Il sauta de joie, contrairement à moi. Je soupçonnais qu'il jouissait beaucoup plus que moi des privilèges que les enseignants nous accordaient pour simplifier mes déplacements dans l'école.

Michel m'écrivait régulièrement, m'enjoignant à ne pas créer de remous dans ma famille. Il disait que mes parents faisaient de leur mieux, qu'on ne pouvait pas s'attendre à ce qu'ils comprennent, ayant eu des vies heureuses. Il me demandait d'être indulgente. Il me rappelait la chance que j'avais d'avoir une mère. Je tentais de le rassurer : que voulait-il que je fasse de toute façon? Je n'étais quand même pas pour commettre un crime!

Vers la fin mai, je me portais à merveille au niveau des jambes, mais j'étais dans un état plutôt moche du point de vue psychologique. Un soir, Rénald émergea dans ma chambre.

– Heille, Jo! s'écria-t-il en claquant la porte derrière lui. Devine quoi?

– Tu sais compter jusqu'à dix? répondis-je en fermant le roman que je faisais semblant de lire.

– Bien oui! Imagine-toi donc comment ce que je suis fier! Jusqu'à dix, tu te rends compte?

Mon frère se jeta sur mon lit. Ses joues roses, ses yeux taquins plus grands qu'à l'habitude me laissèrent deviner qu'il était très excité.

– Calme-toi, mon petit pit! dis-je. Compter jusqu'à dix implique de grosses responsabilités. Vas-tu être capable de les affronter?

– T'es conne!

Il pouffa de rire en m'assénant une claque sur l'épaule. Je grimaçai.

– Veux-tu bien me dire ce que t'as? Je t'ai jamais vu dans cet état-là. Sauf, peut-être, la fois où que p'pa t'a amené tout seul avec lui voir les Nordiques.

– Hé! Que ça avait donc été une soirée extraordinaire, ça!

– Bon, Ré, pars pas là-dessus, puis dis-moi pourquoi tu t'es garroché de même dans ma chambre.

– Je m'en vas à Ottawa!

Je m'étouffai.

– Quoi? Quand? Avec qui? Où?

– Voyons, Jo, il y a assez de m'man qui m'a posé toutes ces questions-là.

– Va chier!

– Sérieux, je pars pour l'été.

– Tu pars quand?

– Après demain.

– Si vite que ça?

– Bien oui, je commence à travailler lundi prochain. Faut toujours bien que je prenne le temps de m'installer avant. Ça fait qu'en partant mercredi, je vais avoir en masse de temps de lousse.

– Comment t'as trouvé ça, une job à Ottawa, toi? m'étonnai-je. Puis, depuis quand que tu te cherchais une job?

– Bien, c'est mon chum qui m'a trouvé la job. Je vais aller passer l'été là, je vais revenir pour commencer ma session d'automne, au cégep. Tu te rends compte? Je vais passer l'été avec mon chum. Je capote! En plus, je vais me ramasser de l'argent, ça fait que je vais pas être obligé de travailler pendant la session. C'est pas facile, une technique, au cégep!

– J'imagine que t'as pas dit ça de même à m'man? questionnai-je en levant les sourcils.

– Bien non, ça l'aurait tuée! J'ai dit aux parents qu'une job en Ontario, ça m'aiderait à parfaire mon anglais. Parce que c'est important, comme futur technicien en informatique, que je sois parfaitement bilingue. La correspondance m'aide, mais l'immersion, c'est mieux.

– T'aurais pu aller à Westmount.

– Nounoune!

Je lui ouvris les bras. Il s'y jeta.

– Tu vas me manquer, tu sais, murmurai-je.

– Toi aussi, coquine.

Depuis le soir du retour de ma fugue, nous avions développé un lien, mon frère et moi. Souvent, après le souper, nous allions dehors pour fumer une cigarette ensemble, loin des oreilles indiscrètes de nos parents. Il souffrait autant que moi de leur autorité, de leur peur de nous laisser vivre nos expériences. Dès que nous le pouvions, nous partagions un joint ou une bière. Sa présence, combinée aux lettres de Michel, avait contribué à réduire mes cauchemars. Au lieu de mal dormir tous les soirs, j'en étais rendue à une ou deux mauvaises nuits par semaine.

Ma mère organisa un souper de famille, pour souligner le départ de Rénald. Déric, ma belle-soeur et mon neveu étaient descendus pour la cause. La blonde de Fabien n'avait pas pu venir. Pendant le repas, qui était tout sauf joyeux, Fabien glissa un mot à l'oreille de Déric, qui s'étouffa.

– Les gars, pas de cachotteries à la table, dit papa. On est en famille, on partage. C'est qui a, donc?

– Rien, p'pa, répondit Fabien. Je voulais juste que ce soit Dé qui soit le premier à l'apprendre. Astheure qu'il le sait, je peux vous le dire. Ma blonde a réussi à mettre sa coloc dehors. Elle part samedi matin-

– C'est cool, ça, coupai-je. Depuis le temps que tu te plains que la coloc est une conne! Tu dois être content.

– Mets-en, Jo, que je suis content! Je vous annonce donc que le souper de départ de Rénald sert aussi de souper de départ pour moi.

Ma mère échappa sa fourchette sur son assiette. Mon neveu lança son gobelet par terre. Ma belle-sœur se glissa sous la table, plus pour rire que pour ramasser le dégât de son fils.

– Bien, fiston, dis-nous ce qu'on peut faire pour t'aider, dit papa. Ta mère puis moi, on a aidé Déric quand il est parti. On va t'aider aussi. Qu'est-ce que t'as besoin?

– Bien, juste de m'aider à déménager mon stock, p'pa, ça va être correct.

– Bien, là! cria ma mère en larmes. Tu vas tout de même pas partir de même, juste avec ton linge puis tes bébelles! Puis toi, continua-t-elle en se tournant vers papa, toi tu veux l'aider! T'es-tu viré fou?

– Calvaire, Candide, rétorqua mon père, c'est pas comme s'il avait dix ans. C'est un homme, astheure, tu peux pas l'empêcher. Il est majeur. Ça fait que j'aime mieux l'aider que me lever un matin puis me rendre compte qu'il est disparu.

– Inquiète-toi donc pas, m'man, poursuivit Fabien. J'ai économisé, ces derniers temps. J'ai acheté une laveuse, une sécheuse, puis un beau lave-vaisselle. Ma blonde a tout le reste. Sa coloc avait rien d'autre que son lit puis son linge. Puis, comme elle nous doit de l'argent, bien le lit, on va le garder.

Ma gorge se noua. J'avais compté sur la présence à temps partiel de Fabien pour ne pas me retrouver tout à fait seule avec mes parents tout l'été. Le voilà qui se sauvait. J'eus de la difficulté à finir mon souper. Ma mère aussi. Après le repas, je me glissai sur la galerie, où mes frères fumaient ensemble.

– Heille, la peste, dit Déric, on t'a pas sonnée!

– Ta gueule, si tu veux que je garde, samedi soir.

– Oh, les menaces! C'est correct, ma blonde me le pardonnerait pas. C'est que tu veux?

– Rien qui te regarde. Je veux parler à Ré. Toute seule.

– C'est cool, Jo, je vais aller te rejoindre dans ta chambre.

Je tournai les talons. Depuis qu'il était parti de la maison, Déric ne m'adressait la parole que lorsque je me rendais garder son fils. C'était toujours ma belle-sœur qui me le demandait, d'ailleurs.

Rénald vint me retrouver une dizaine de minutes plus tard, le sourire aux lèvres.

– Tu fais une drôle de tête, soeurette, dit-il. C'est qui a, donc?

– Ré, est-ce que la case postale-

– T'inquiète pas avec ça. Fabien fait dire qu'il arrête la case postale le mois prochain, mais qu'on peut faire venir nos lettres chez eux. Il va rester pas loin, tu vas pouvoir y aller souvent. Sa blonde est au courant. Ils vont t'appeler quand il va y avoir de la malle pour toi. Tiens, il m'a donné l'adresse sur ce bout de papier, là, pour toi. Dès que Michel va t'avoir écrit chez eux, Fabien va aller pour arrêter la location, au bureau de poste.

– Wow! Il y a pensé sans que j'aie à lui dire?

– Mettons que ça m'a surpris aussi. Faut croire qu'il t'aime plus que je le pensais.

– Tu vas en profiter aussi, quand tu vas revenir.

– C'est sûr.

Il m'adressa un clin d'œil, puis sortit de ma chambre en sifflant « Le petit bonheur » de Félix Leclerc.

15

Je regarde le soleil descendre, au loin, teintant le ciel d'une palette de couleurs plus vraies que nature. Je me sens toute minuscule, dans un univers de grande beauté. Je suis laide. Je ne comprends pas pourquoi je tiens à la vie. Ma place est sous terre. J'en ai assez de vivre en enfer!

Rénald quitta la maison pour l'été. Fabien la quitta pour toujours quelques jours plus tard. Ma mère devint obsessive : elle frottait du matin au soir. Elle sortit même l'ensemble de vaisselle blanc, en porcelaine, qu'elle avait reçu en cadeau de mariage. Elle ne l'avait utilisé que trois fois. Elle le nettoya, puis l'emballa de nouveau dans sa boîte d'origine. Elle fit de même avec ses coupes en cristal et son argenterie. Elle alla jusqu'à utiliser une brosse à dents pour frotter le plancher de bois, dans l'entrée de devant. Tous les jours, elle époussetait la chambre de mes frères, qui ne serait plus que celle de Rénald, lorsqu'il reviendrait.

Plus d'une fois, dans les premiers jours, je la surpris à pleurer. Parfois, à genoux, portant des gants de vaisselle jaune, la brosse à plancher en main. D'autres fois, au-dessus de l'évier de la cuisine, où elle pelait des pommes de terre. Elle arrêta de me préparer mon verre de jus d'orange, le soir. Je recommençai à voir mes nuits écourtées par des cauchemars.

Un, en particulier, revenait régulièrement. Je me trouvais assise sur l'herbe, au parc Cartier-Brébeuf. Amanda flottait près de moi. Je fumais un joint avec Rénald et Michel, quand ma mère surgissait de nulle part, foulard noué sur la tête, tablier noir sur sa robe à fleurs, gants de caoutchouc jaunes aux mains. Elle tenait un pistolet, qu'elle pointait tour à tour sur moi et sur Rénald. « Tu es damnée, Jocaste Levasseur, parce que tu n'as pas gardé ta pureté pour ton mariage. Tu es damné, Rénald Levasseur, parce que tu as touché à un homme. Pour vos péchés, vous connaîtrez la sentence de mort! » Puis, elle tirait en direction de mon frère. Je me réveillais toujours en voyant la balle de pistolet, au ralenti, arriver sur moi.

Sept jours après le départ de Rénald, je reçus un appel de Fabien : du courrier était arrivé pour moi. Je me rendis à son nouvel appartement, marchant lentement pour goûter la chaleur de ce début de juillet sur ma peau. Lorsque j'arrivai, mon frère m'accueillit à bras ouverts, m'offrant un Pepsi.

– Sure! répondis-je en retirant mes espadrilles. Ta blonde est où?

– Elle est partie voir sa mère. Comment ça va à la maison?

– C'est l'enfer, Fab. M'man est comme un robot ménager.

– Un quoi? s'exclama-t-il en me tendant un verre de boisson gazeuse.

– Un robot ménager. Elle passe son temps à frotter. Eille, elle a même sorti sa porcelaine, son argenterie puis son cristal pour les nettoyer.

– Tabarnac! Ça lui a donc bien rentré dedans, que je parte!

– Je pense que c'est le fait que Ré puis toi, vous êtes partis en même temps, genre, qui la fait capoter. Avant-hier, elle frottait le plancher avec une brosse à dents, t'imagines!

– Calvaire! Elle est virée folle! T'en as-tu parlé à p'pa?

– Pas pu encore, elle me laisse jamais toute seule avec. J'ai comme l'impression qu'elle a peur, justement, que j'en parle.

– Ça doit être ça. C'est poche. Je pensais pas qu'elle réagirait de même. Je veux juste faire ma vie, moi. C'est normal, ça, non?

Je pris une gorgée de Pepsi, sortit mon paquet de cigarettes, en offrit une à mon frère qui la refusa.

– Coudonc, t'as-tu arrêté de fumer? demandai-je.

– Oui.

– Cool, t'es trop hot!

Je remis la cigarette dans le paquet, que je glissai dans mon sac.

– Tu peux fumer pareil, tu sais.

– Non, je veux pas. J'aimerais tellement ça, arrêter. Mais, je suis genre pas capable. Chaque fois que j'essaye, je panique puis je deviens folle. Ça fait que je respecte bien que trop ça, quelqu'un qui arrête! Je vais pas te fumer dans la face, certain!

– T'es fine. Veux-tu que j'appelle p'pa pour lui raconter ce que tu m'as dit? M'man a pas de contrôle sur le téléphone.

– Bonne idée.

Je m'en retournai, munie de deux lettres : une de Rénald et une de Michel. Comme la soirée débutait à peine, je décidai d'aller m'installer au parc pour lire les missives. Je dénichai un petit coin, près de la rivière, pour m'asseoir. Je pris une longue inspiration : il s'agissait de notre endroit fétiche, à Amanda et moi, dans une autre vie. En allumant une cigarette, je revis mentalement les deux fillettes que nous étions. Moi, j'étais maigre, trop grande. Mes cheveux presque noirs en spirales, qui chatouillaient le bas de mon dos, me donnaient un air de poupée de porcelaine. Amanda, une tête de moins que moi, qui était pâle comme un spectre même en plein été, avec ses joues et son nez tavelés de taches de son, arborant des cheveux de paille ébouriffés, mal coupés, avec la même fierté que s'ils avaient été d'or. Un petit sourire força le coin de ma bouche. J'expirai un nuage toxique.

J'ouvris la lettre de Michel en premier. Il me racontait ses journées, longues et ennuyantes. Il me disait combien il aimait penser que, bientôt, nous nous retrouverions. Il m'écrivait qu'il s'ennuyait de moi autant que de sa liberté. Qu'il regrettait réellement de s'être laissé séduire par la facilité et d'avoir vendu de la drogue au lieu de bûcher un peu pour trouver un emploi honnête!

Alors que je repliais le papier, j'entendis mon nom, au loin. Je levai la tête : Brian! Il se dirigeait au pas de course vers moi. Je ne pouvais pas m'enfuir. Je restai plantée là, le regard dur.

– Ah bien! Si c'est pas ma belle Jocaste préférée! s'exclama-t-il en se laissant tomber à mes côtés.

– Pas dur, je suis pas mal la seule avec ce nom-là dans les environs. C'est que tu veux, Brian?

– C'est beau, tes cheveux. Ça te donne un air de femme fatale.

– Merci.

– Je me cherchais un petit coin pour fumer un peu, tranquille. Tu connais bien le parc, toi?

– Comme si tu le connaissais pas aussi bien que moi! Puis, ta mère te laisse plus te droguer dans son logement?

– Justement, non. Elle s'est fait un chum, puis elle a décidé de marcher sur le droit chemin. Elle va plus veiller, elle travaille puis revient à la maison pour préparer le souper de monsieur son chum.

– Tu dois bien en profiter un peu, murmurais-je entre mes dents.

– Ouin, c'est sûr!

Il se mit à rire. Je ne bronchai pas. Il plaça une main sur ma cuisse, que je dégageai aussitôt.

– T'es bien rendue farouche, la belle! s'exclama-t-il. Je te mangerai pas.

– Va donc chier, Ducon!

– Ah! C'est ça, t'es encore fâchée à cause de l'autre pétasse?

– Non, Brian, je suis pas fâchée à cause d'une pétasse. J'ai juste pas envie de te voir. Je pensais que mon air de bœuf te ferait comprendre, mais faut croire que t'es pas full perspicace.

– Perspi... quoi?

– Ah! Laisse donc faire, puis sacre donc ton camp! Tu me déranges! dis-je en lui martelant la poitrine de mon index.

– Bien voyons, Jo! plaida-t-il. On pourrait fumer une pof, juste tous les deux, tu sais, comme dans le temps. En souvenir.

– Non!

Je ressentais le danger d'accepter. L'envie de la marijuana me tenaillait. Mais, le vide laissé par l'absence de mon frère, par l'emprisonnement de Michel, par le mur qui me séparait de ma mère, par la mort d'Amanda me poussait à sauter sur l'invitation. Je ne devais pas céder. Pas avec Brian. Il savait comment me prendre. Il voudrait profiter de la situation. Je n'en avais pas envie. Du moins, pas avec lui.

– Brian, fous-moi la paix! m'écriai-je en me levant d'un trait.

D'un bond, il fut sur ses jambes. Il m'agrippa par le poignet.

– Attends, beauté, dit-il. Je te veux pas de mal. Je veux juste un peu de compagnie.

Son ton avait changé. De celui d'un jeune homme pleinement en confiance, il laissait transparaître un dépit profond. Je m'arrêtai dans mon mouvement, me tournai pour regarder ses yeux. Cernés, délavés, ils avaient perdu leur éclat d'antan.

– Qu'est-ce qui se passe avec toi, mon pauvre gars? demandai-je en me libérant de son emprise.

– Rien, justement. Je me retrouve tout seul, astheure.

– Où c'est qu'ils sont, tes amis?

– Il y en a deux qui sont partis étudier à Montréal. Puis, Tocasse, tu te souviens de lui?

– Ouin, le grand maigre, là?

– Oui. Bien, lui, il a fait une overdose au mois d'avril passé. Les gars ont réussi à lâcher la drogue, après, puis à prendre leur vie en main. Moi, j'y arrive pas. Je sais pas pourquoi.

– Juste parce que t'as aucune confiance en toi, bonhomme! échappai-je.

Il me dévisagea, passa une main sur ma joue.

– Toi, tu le sais, mais c'est un secret, murmura-t-il d'un ton triste, arborant un sourire forcé. Dis-le pas à personne, hein!

– Bien non, répondis-je impatiemment. Bon, je me sauve, Brian. Je te souhaite bonne chan-

– Non! Va-t-en pas, Jo!

Je tournai les talons, d'un pas décidé. Je pouvais sentir son regard, posé sur moi. Il ne tenta pas de me suivre. J'avançai presque à la course, pour mettre rapidement une distance entre lui et moi. J'avais peur.

Non pas de lui. De moi. J'avais envie d'accepter son offre. J'avais besoin de chaleur humaine. Si je fumais avec lui, je savais où cela nous mènerait. Je ne souhaitais pas renouer, même l'espace d'une soirée, avec lui. Je demeurerais fidèle à Michel.

Arrivée chez moi, j'eus le déplaisir de me rendre compte que l'auto de mon père manquait à l'appel. Celle de Déric également. Je me rendis à la porte, qui était verrouillée. Je fouillai dans ma poche pour trouver mes clés. Elles n'y étaient pas. Je m'assis sur le plancher de la galerie pour y vider mon sac : un tube de baume pour les lèvres, un paquet de cigarettes, trois briquets, un petit peu de marijuana, du papier à rouler, un portefeuille, quatre billets d'autobus, les lettres, une boucle d'oreille que je cherchais depuis deux mois, ainsi qu'un carnet miniature pour noter les numéros de téléphone.

Soupirant, je remis le tout en place, puis me confectionnai un joint. Je m'installai sous l'escalier de fer forgé menant au deuxième, à l'extrémité de la galerie. Ce coin mal éclairé sentait le bois humide. Je m'adossai au mur de brique de la maison pour fumer tranquillement. Le parfum de la drogue ne restait pas autour de moi, grâce à un vent léger, presque coquin, s'était levé. Après avoir fini, je ne pris même pas la peine d'aller jeter mon mégot très loin dans la ruelle. Je m'assurai qu'il était bien éteint, puis le glissai sous le plancher. J'ouvris la lettre de Rénald.

Il me racontait comment il avait trouvé le voyage long, excité qu'il était de retrouver enfin son amoureux. Il me décrivait ce dernier dans les moindres détails, ce qui m'arracha un sourire. Mon frère écrivait qu'il aimait beaucoup son travail d'été dans un petit restaurant et qu'il lui semblait que le temps passait trop vite. Il était heureux.

Il y avait une heure que j'étais assise sous les marches lorsque les phares d'une voiture me firent sursauter. Le véhicule se gara dans l'espace réservé à Déric. Le moteur cessa de tourner. Ma belle-sœur sortit et marcha vers l'escalier. En me voyant, elle cria.

– Câlisse, Jo! dit-elle en reprenant son souffle. Tu m'as fait faire un méchant saut!

– Capote pas, Manon, je te sauterai pas dessus, répondis-je en riant.

– Bien oui, mais tu parles d'une idée de se cacher de même, en dessous des marches! T'as pas mieux à faire de ta veillée?

– Justement, oui. Mais, j'ai genre pas mes clés.

Déric rejoint sa blonde, portant leur fils endormi dans ses bras.

– Salut, frérot, lançai-je.

– Comment ça t'as pas tes clés? questionna-t-il sans répondre à mes salutations.

– Je le sais-tu, moi? rétorquai-je sur un ton agressif. Je suis allée chez Fabien, puis je me suis arrêtée au parc. M'man m'a jamais dit qu'elle avait l'intention de sortir. J'ai pas dû penser à apporter mes clés.

Ma belle-sœur prit son enfant et monta les marches en haussant les épaules. Déric s'approcha de moi, sans toutefois daigner s'asseoir. Il plaça ses poings sur ses hanches.

– T'apprendras jamais, hein?

– Apprendre quoi, gros con? rétorquai-je en me levant. Que tu me détestes?

Je ne vis pas venir la main qui me frappa la joue. Je fonçai sur mon frère. Nos yeux se trouvaient à la même hauteur. Je réprimai une envie de lui cracher au visage.

– T'es juste un chien sale, Déric Levasseur! Tu t'es jamais rendu compte que tu nous as tous fait chier! T'as mis ta blonde enceinte, t'es parti vivre en haut, puis nous autres, on a mangé de la marde! M'man est parano, depuis ce temps-là. On a rien le droit de faire. Elle est toujours en train de nous surveiller. Demande-toi pas pourquoi que Fab est parti plus vite qu'il l'aurait voulu. Puis pourquoi Ré est allé travailler en Ontario! Ni pourquoi je suis en train de virer folle! C'est toute de ta faute, genre. Elle a tellement peur qu'on fasse comme toi, qu'on soit des mauvais enfants comme toi!

– Va chier!

Il tenta de m'asséner une seconde gifle. Je l'arrêtai dans son geste. J'avançai mon visage près de son oreille droite.

– Avise-toi plus de me frapper, murmurai-je, parce que tu vas te rendre compte que je suis plus une petite fille. C'est-tu clair?

Je n'attendis pas la réponse. Je tournai les talons en direction de la ruelle. Je me dirigeai à gauche, vers le parc. Je marchais d'un pas lourd. La haine circulait dans mes veines, contaminant mon sang. J'aurais vendu mon âme à tous les diables de l'enfer pour un petit moment avec Michel. J'avais besoin de lui. J'avais besoin d'Amanda. J'étouffais, prisonnière des phobies de ma mère, ayant mes démons pour compagnons de cellule.

Je me retrouvai à mon point de départ, au parc. Je me rassis. On aurait dit que je n'avais même pas bougé.

La nuit étant tombée, les promeneurs se faisaient rares. Je savourai la tranquillité des lieux, la musique de l'eau. Je n'avais rien pour écrire. Un nœud s'était formé dans ma gorge. Je me confectionnai un autre joint, que je fumai en regardant les étoiles. Après un certain temps, j'eus faim. Je me levai, retournai à la maison. Cette fois, la voiture de mon père se trouvait à sa place.

J'entrai dans la cuisine. La noirceur, le silence. J'allumai le plafonnier pour découvrir une note, sur la table : « Jocaste, nous sommes couchés, fais pas de bruit. Maman a super mal à la tête. Bonne nuit, papa. »

Je pris deux tranches de pain, le pot de confiture, un couteau et une assiette. J'apportai le tout dans ma chambre, en prenant soin de fermer la lumière de la cuisine. Retranchée dans mes quartiers, je tartinai le pain, mordis dedans à belles dents. J'engloutis ma collation comme si j'avais été privée de nourriture depuis six jours. Ensuite, je rédigeai une lettre pour Rénald, dans laquelle je parlais du comportement étrange de maman, ainsi que de mon altercation avec Déric. Je pliai le papier, le glissai dans une enveloppe, puis mis le tout de côté.

Je souhaitais écrire à Michel. La drogue rendait toutefois mes pensées confuses. Mes émotions, ma solitude, mon ennui me dictaient des mots que je n'avais pas envie d'inclure dans la missive. Je décidai d'attendre au lendemain. Je me couchai. Je sombrai dans un sommeil agité.

Dans mon rêve, je vis Déric marcher vers moi avec une hache. Il riait, montrant des dents vertes. Ses yeux orange luisaient d'une folie démoniaque. « Tu pourras pas te sauver, astheure que je t'ai attachée, petite pute! » Il avançait, marquant une pause entre chaque pas. Soudain, mes parents surgirent, déguisés en clowns. Ils fumaient de gros cigares, tenaient chacun une bouteille de rhum dans la main. Ma mère portait une robe rose à pois mauves, sur une gigantesque crinoline jaune qui dépassait d'au moins trois centimètres. Ses cheveux verts étaient en fait des serpents qui se tortillaient sous un minuscule chapeau bleu. Mon père avait revêtu un habit de chauffeur d'autobus rayé blanc et noir. Il avait un énorme nœud papillon orange. Ses chaussures étaient des lapins vivants dans lesquels il avait fait une entaille pour y placer ses pieds.

Mon frère avançait toujours. Mes parents riaient, applaudissaient. J'entendais de la musique de cirque. Autour de moi, je vis qu'il y avait des gradins. Une foule entière scandait : « Déric! Déric! » J'étais ligotée sur une chaise de métal, complètement nue. Je sentais quelque chose derrière moi. Je tentai de me tourner la tête. Je n'y arrivais pas. J'essayai de crier, sans succès. Dans mon dos, j'entendis la voix de Rénald murmurer : « On se retrouve en enfer, ma sœur! Toi, parce que tu es toi. Moi, parce que je suis moi. » Puis, un long rire sadique résonna. La foule prit en feu. La voix grave et sensuelle de Michel retentit : « Laisse-toi pas décapiter, ma belle, mon aimée. Lève-toi et tue-les avant qu'ils ne te tuent. Fais-le pour Manda, fais-le pour moi, fais-le pour Rénald. »

Je me réveillai en sursaut. Ma peau était moite, des gouttes de sueur perlaient sur mon cuir chevelu. J'avais l'horrible impression qu'un éléphant s'était assis sur ma poitrine. Je jetai un œil à mon réveil-matin : une heure douze. La nuit serait longue. Je me levai pour me rendre à la toilette. Je ne devais pas me rendormir immédiatement. Je devais sortir ce rêve de moi avant. En revenant vers ma chambre, j'attrapai mon sac, sur le dossier d'une chaise de cuisine. J'ouvris ma fenêtre, grillai une cigarette. La lune jetait sur le monde sa lumière étrange.

Je ne voulais pas dormir. J'étais effrayée. J'avais peur d'y laisser ma peau. Je ne pouvais parler à personne. Je ne devais compter que sur moi-même. J'allumai le plafonnier, sortis du papier et des crayons de couleur. Je n'appréciais pas beaucoup le dessin, mais je devais passer le temps. Après cinq minutes, je démissionnai. Rien de mieux qu'un bon roman!

Je regardai dans le tiroir de ma table de nuit. Malheureusement, il n'y avait que des livres que j'avais terminés, puisque j'avais prévu de me rendre à la bibliothèque le lendemain. Découragée, je fouillai dans mon sac pour trouver mon trésor. Il ne me restait pas assez de marijuana pour confectionner un joint, alors j'éventrai une cigarette pour mélanger le tabac avec la drogue. J'ouvris à nouveau ma fenêtre pour évacuer la fumée.

Depuis que Rénald était parti, j'avais passé toute ma réserve. Ma consommation avait été du triple qu'à l'habitude. L'été me coûterait cher. À moins que je n'arrête. Je n'en avais pas la force. Il me faudrait endurer le mal, les rêves me poursuivraient pendant mes périodes d'éveil. Je ne me sentais pas assez forte pour cesser. Affronter ma mère. Son désir de me voir mourir. Je décidai qu'il était temps que je me trouve du travail.

J'avais eu mes seize ans, en juin dernier. Je pouvais bien occuper un emploi.

Je passai la nuit à écrire des poèmes, personnifiant ma souffrance dans un personnage démoniaque qui se cachait dans chaque strophe. Lorsque le soleil se leva, je baissai les bras et sombrai dans un sommeil vierge.

16

Me souvenir de ce sommeil vierge m'est douloureux. Ce fut mon dernier repos réel avant la déchéance. Ce matin, en me réveillant, j'ai eu envie de remercier les scientifiques qui ont découvert les médicaments que j'ingurgite tous les jours. Grâce à eux, je dors bien. Je me demande si les événements auraient été différents, si j'avais dormi normalement, dans le passé.

L'hiver tire sa révérence. Le printemps s'infiltre dans la neige, salissant la blancheur glacée qui couvre le sol. Bientôt, il y aura des feuilles aux arbres. Le dégât sera nettoyé par la pluie. Les oiseaux migrateurs chanteront de nouveau. Moi, je serai toujours une malheureuse prisonnière.

Le jour suivant, vers midi, je me levai. Ma bouche pâteuse me remémora l'horrible nuit que j'avais passée, à attendre que le jour se pointe. Je sautai sur mes pieds, ramassai une feuille de papier et un stylo. Je m'assis sur mon lit, une bande dessinée sur les cuisses me servant de table pour écrire ma lettre à Michel. Mes esprits éclaircis, il me fut facile de laisser l'encre bleue couler pour exprimer ma détresse à mon prince charmant.

Ensuite, je sortis de mes quartiers, filai à la toilette, revins à la cuisine pour me préparer un café. Le silence me frappa. Je regardai autour de moi, sur le réfrigérateur, sur le comptoir, sur la table, en quête d'un message. Rien. Rien du tout.

– Maman? criai-je.

La maison semblait vide. J'ignorais pour combien de temps ma mère serait absente. Je me préparai deux rôties, y tartinai du beurre d'arachide, versai du lait dans mon café. Tout en déjeunant, je parcourus les petites annonces, dans le journal. Il ne s'y trouvait pas beaucoup d'emplois, si l'on excluait les escortes, danseuses, masseuses et compagnie. Je m'amusai à imaginer l'expression sur le visage de ma mère si je lui annonçais que je devenais danseuse à temps partiel. L'idée me fit sourire.

J'avais besoin d'argent rapidement. Je plaçai ma vaisselle dans le lave-vaisselle. Nous n'étions qu'au début du mois de juillet. Les boîtes vides des nombreux déménagements ayant eu lieu dans les derniers jours commençaient à peine à s'entasser dans la ruelle. Je n'avais pas d'amis, pas d'amant, pas de vie.

Je pris une douche, me coiffai les cheveux, me maquillai. Je choisis des shorts de denim bleu, une camisole rouge, des sandales à talons hauts. Je vérifiai dans mon sac si mes cigarettes, mes briquets et mon portefeuille s'y trouvaient. Je comptai l'argent qui me restait : trois dollars et vingt-sept sous. J'ouvris le carton pour compter les cigarettes : neuf. La journée serait longue.

Je saisis mes clés, verrouillai la porte derrière moi. Je me dirigeai vers le dépanneur pour y acheter deux timbres. Après avoir posté mes lettres, je me rendis au parc. J'avais besoin des conseils d'un adulte. Je devais rédiger mon curriculum vitae, mais j'ignorais par où commencer, quoi inclure, comment m'y prendre. J'avais compté sur l'éternelle présence de ma mère. Je me sentais abandonnée.

Arrivée à un petit coin tranquille, où nous nous installions jadis, Amanda et moi, je m'assis sur le gazon. J'allumai une cigarette. Les petites annonces me tournaient dans la tête. Les danseuses semblaient recherchées. J'étais grande, jeune, svelte. Je pourrais en tirer profit. Rien ne m'obligeait à tomber dans la déchéance. Plusieurs danseuses vivaient une vie plutôt saine.

Mes mains tremblèrent. En étais-je capable? Moi qui avais peine à prononcer un exposé oral de deux minutes, en classe. Pourrais-je me trémousser et me dévêtir devant un public d'hommes pervers en manque de sensations fortes? De plus, il me faudrait prouver que j'avais dix-huit ans. Or, je ne possédais pas de carte d'identité falsifiée. J'aurais pu demander à mon vendeur de drogue s'il connaissait quelqu'un qui m'en fabriquerait une. Je secouai la tête pour chasser cette idée.

Le soleil me donnait mal à la tête. Je décidai de rentrer. Ma mère brillait toujours par son absence. Je m'installai devant la télévision. À Musique Plus, au moins, il y avait souvent quelque chose d'intéressant. Je ne bougeai que pour croiser mes jambes dans une autre position. Vers seize heures trente, j'entendis la porte de la cuisine. Je me levai et me dirigeai vers l'arrière de la maison.

– Salut, m'man! lançais-je.

– Hum.

– Je suis contente que-

– Plus tard, Jocaste, faut que je fasse le souper.

– Mais, m'man!

– Plus tard, j'ai dit.

Son ton sec n'augurait rien de bon. Je me retranchai sur le sofa. Je changeai de poste de télévision frénétiquement. Qu'est-ce qui se passait? Qu'est-ce que maman ruminait? Je connaissais bien cette voix, cette façon qu'elle avait de courber les épaules, de traîner ses pieds. Habituellement, lorsqu'il en était ainsi, ma mère traversait une épreuve. Souvent, un drame qu'elle s'imaginait pire qu'il ne l'était en réalité. Je la soupçonnais d'avoir trop regardé d'émissions de télévision américaines, telles que « Top modèles ».

Mon père rentra du travail vers dix-huit heures. L'odeur de la sauce à spaghettis qui flottait m'ouvrait l'appétit. J'éteignis le téléviseur pour me rendre à la cuisine. Le choc que je reçus fut tel que je reculai d'un pas : ma mère avait placé, sur la table, seulement deux couverts. Un à sa place, un à celle de mon père. Papa s'assoyait.

– Coudonc, Candide, Jo est pas là? demanda-t-il

– Bien oui, p'pa, je suis là! répondis-je en reprenant mes esprits.

– Ah! dit-il en se retournant. T'as déjà mangé? T'aurais pu nous attendre. Tu sais que j'aime ça, manger en famille.

– J'ai pas-

– On peut pas manger en famille, Thomas! s'écria ma mère. On a plus de famille! Ils sont tous partis, les petits sans-cœur!

Mes jambes ramollirent. Je sentis la rage monter en moi. C'était donc ça! Elle ne voulait réellement plus de moi. J'étais son échec. Ses garçons chéris, ses fils parfaits volaient de leurs propres ailes et elle réagissait mal. Au lieu d'apprécier ma présence, elle l'ignorait. Tant pis pour elle, alors!

Je me dirigeai vers ma chambre, entrai en claquant violemment la porte derrière moi. Je me surpris à ne sentir aucune larme monter dans mes yeux.

– Jo! cria mon père de la cuisine. Jo, vient donc manger, ma puce!

Je me lançai sur mon lit. Mon ventre gargouillait, mais la colère était plus forte que la faim. Je pris un moment pour me calmer. Je me relevai, saisis mon sac et sortis.

– Où tu vas, jeune fille? demanda papa.

– Bien, vu que j'existe plus, aussi bien m'effacer pour la veillée. T'as-tu cinq piastres à me donner, p'pa, pour que je fasse des photocopies, demain?

– Des photocopies de quoi?

– De mon c.v. qui est pas fait encore, mais que je vais faire demain. J'ai besoin d'une job. Je suis écoeurée de te quêter de l'argent puis de garder des petits culs.

– C'est une bonne idée, ma puce, répondit mon père en se soulevant pour prendre son portefeuille, dans la poche de son pantalon. Tiens, j'ai juste un dix. Prends-le tout. Puis, ce soir, rentre pas trop tard, là.

Je saisis le billet mauve, embrassai mon père sur la joue.

– Quand tu dis : rentre pas trop tard, murmurai-je à son oreille, ça veux-tu dire que tu as un semblant de confiance en moi?

Il me pinça une joue.

– J'ai confiance en toi, répondit-il. Puis, si j'étais toi, j'irais voir Fabien, ce soir. Il va pouvoir t'aider à faire ton c.v., parce qu'il a dit l'autre jour que sa blonde a une machine à écrire.

– Cool! Merci p'pa!

Je saluai ma mère de la main. Elle ne me répondit pas. J'enfilai mes sandales à talons plats, saisis une veste, puis passai la porte. À l'extérieur, la chaleur était toujours lourde. J'allumai une cigarette. Me rendre chez mon frère me semblait une bonne idée. Je me mis en route.

L'appartement n'étant pas loin, je ne mis pas longtemps à me rendre. Je gravis la volée de marches qui menaient à la porte du quatre pièces. Je frappai. Une petite rouquine souriante vint ouvrir.

– Salut Jocaste, dit ma belle-sœur en me faisant signe d'entrer. Quel bon vent t'amène?

– Salut Mélanie, ça roule? Mon frère est-tu là? questionnais-je en jetant un œil dans le salon.

– Non, il est parti au dépanneur pour acheter du lait. Tu peux l'attendre, si tu veux.

– Merci, t'es fine.

J'entrai et suivis ma belle-sœur sur le sofa. Mon ventre, comme un effronté, se mit à hurler son mécontentement. Je sentis le rouge monter dans mes joues.

– On dirait que t'as faim, constata Mélanie en riant. Coudonc, ils te nourrissent pas, chez vous?

– Non, répondis-je entre mes dents. Ma mère a décidé, tantôt, que j'existe plus, puis j'ai pas eu à souper.

– Hein? sursauta mon interlocutrice.

La porte de l'appartement s'ouvrit et Fabien entra, un carton de lait dans les mains. Il sourit en me voyant.

– Hé! Salut la petite!

– Salut Fab, répondis-je.

– Attends-nous une minute, Jocaste, on revient, dit Mélanie en se levant.

Elle entraîna mon frère dans la cuisine. Je jetai un œil par la fenêtre. Le quartier semblait endormi, malgré que le ciel soit encore clair. Fabien me rejoignit, s'assit à côté de moi. Mélanie le suivait de près, portant une assiette qu'elle me tendit. Je voulus refuser, mais le regard de ma belle-sœur m'en découragea. Je mordis à belles dents dans le sandwich au jambon.

– Tu vas-tu m'expliquer ce que tu voulais dire, tantôt, quand t'as dit que ta mère a décidé que tu existais plus? demanda-t-elle.

– Sure, répondis-je en avalant ma bouchée. Il y a pas grand-chose à expliquer. J'ai pas dormi de la nuit, la nuit passée. Ça fait que, comme je me suis endormie juste ce matin, je me suis levée juste à midi. Quand je me suis levée, elle était pas là. J'étais déçue, parce que je voulais son aide pour faire mon c.v.

Je croquai une nouvelle fois dans le sandwich, mastiquai un peu avant de me remettre à parler.

– Ça fait que je l'ai attendu toute la journée. Quand elle est revenue, à quatre heures et demie, j'ai pas pu lui dire quoi que soit : elle m'a dit : « plus tard, Jocaste ». Bon, bien j'ai regardé la t.v. encore, puis p'pa est arrivé. J'avais full faim, puis elle avait fait du spag. Je suis allée dans la cuisine, puis là, j'ai vu qu'elle avait mis la table pour elle puis pour p'pa. Juste eux autres.

– Hein? s'exclama Fabien.

– Bien là, je te jure. P'pa était rentré par en arrière, ça fait qu'il m'avait pas vue. Il a demandé si j'étais là. J'ai dit oui, en rentrant dans la cuisine. Il a regardé ma place vide, sur la table et il m'a chicanée de pas les avoir attendus pour souper, parce qu'il aime ça souper en famille. J'ai dit que j'avais pas soupé, puis là, m'man a pété un genre de plomb full bizarre. Elle a dit qu'il y en avait plus, de famille, parce que tous les petits sans coeurs étaient partis. Ça fait que, c'est ça. Merci pour la sandwich!

Je finis mon repas en quelques bouchées. Le regard de mon frère ne me quittait pas. Mélanie se leva, partit, revint, se rassit. Mes muscles étaient tendus. Je pouvais les sentir, dans ma nuque, dans mes épaules.

– Ma puce, tu penses-tu que ma mère fait une dépression nerveuse? demanda Fabien en se tournant vers Mélanie. Je l'ai peut-être rendue folle.

– Je sais pas quoi te dire, mon amour. Une chose est sûre, c'est que t'es mieux de pas retourner rester chez tes parents. T'étais sur le bord de la crise de nerfs toi-même, rappelle-toi!

– T'as raison. C'est sûr que j'y retournerai pas.

– C'est pas tout, Fab, dis-je. Je me suis chicanée avec Déric. Il m'a sacré une claque dans face parce que j'ai fait peur à sa blonde, l'autre soir. J'ai pas fait exprès . j'étais embarrée dehors puis je m'étais assise en dessous des marches, sur la galerie. Elle a eu peur, c'est tout. Puis là, bien j'étais tellement fâché que Dé ose me frapper que je lui ai gueulé par la tête que c'était de sa faute si nous autres, on pouvait pas vivre dans cette maison-là! Que depuis qu'il était parti, que nous autres, on est toujours full surveillés. Je pense qu'il a pas aimé ça, parce qu'il a voulu me frapper encore, mais je l'ai empêché.

Mélanie laissa tomber un petit cri. Fabien leva un sourcil.

– Déric t'a frappée? Coudonc, lui, il est en train de virer fou aussi!

– Bof, c'est pas grave, continuai-je. J'étais pas venue ici pour me plaindre. Je voulais juste savoir si vous pouvez m'aider à me faire un c.v., parce que je veux me trouver une job.

– C'est sûr qu'on va t'aider, hein Fabien? lança ma belle-sœur.

– Hein? répondit mon frère en sortant de ses pensées. Oui, oui. Tu veux-tu faire ça là, là?

– Oui, pourquoi pas? Ça sera pas trop long, j'ai comme pas grand-chose à mettre dedans.

Après une heure de travail, je sortis de chez mon frère avec mon curriculum vitae bien au chaud dans mon sac. Ma belle-sœur me fit promettre de lui téléphoner le lendemain, pour lui donner de mes nouvelles. Jamais la blonde de Déric ne m'avait demandé de mes nouvelles. Je sentis les larmes monter. Je réussis à les ravaler.

Je me dirigeai vers le parc. La nuit tombait et les promeneurs devenaient rares, à cette heure. J'aurais la paix. Je retrouvai mon coin favori, m'assis, sortis mon paquet de cigarettes. Il ne m'en restait que quatre. J'en allumai une, la fumai en laissant vagabonder mon esprit. Quelle aurait été ma vie, si Amanda n'avait pas vécu ces drames? Si elle ne s'était pas suicidée? Si rien de tout cela n'était arrivé? Si j'avais eu un début d'adolescence normal?

Le sentiment que quelqu'un m'observait me sortit de mes pensées. J'avais manqué l'instant où le ciel était passé au noir de la nuit. Je levai la tête. À mes côtés, j'aperçus une silhouette. Mon cœur aurait dû battre la chamade. Je ne ressentis rien.

– Salut, lançais-je à l'inconnu debout près de moi.

Il s'avança de deux pas. Il semblait être un beau jeune homme, pour ce que je pouvais en distinguer dans la pénombre.

– Salut, répondit-il.

Il me tendit une main, que je saisis. Il m'aida à me lever. J'étais debout, face à lui.

– Qu'est-ce que tu fais? questionna-t-il.

– Rien. Je pense, c'est tout. Toi?

– Rien. Je cherche de la compagnie.

– C'est cool. Je m'appelle Jo. Toi?

– Franck. Tu veux venir chez moi, c'est à côté?

– Bien, pourquoi pas?

Je lui emboîtai le pas. Arrivés sur la rue, les lampadaires nous éclairant, je pus constater que Franck mesurait environ un mètre quatre-vingt. Il semblait musclé. Ses cheveux rasés et ses épaules carrées lui donnaient un air de dur. Dans ma tête, j'entendais la voix de ma mère qui me répétait de ne pas accepter de bonbons d'un étranger ou de suivre un inconnu. Qu'elle aille au diable!

Nous cheminâmes environ dix minutes. Puis, il monta un escalier de fer forgé noir. Je le suivis. Il déverrouilla une des deux portes donnant sur la galerie de bois. Il me l'ouvrit. J'entrai chez lui. Il ouvrit la lumière.

Nous nous trouvions dans un corridor blanc, au plancher de linoléum usé. Sur notre droite se trouvait le salon. Les murs étaient blancs également. L'ameublement était simple : un sofa à deux places, une table carrée, un téléviseur sur un meuble avec une tablette sur laquelle étaient installés un vidéo et une console de jeux.

– Mets-toi à l'aise, je vais chercher à boire, dit mon hôte.

Je me glissai dans la pièce, m'assis sur la causeuse. Lorsque Franck revint, il alluma une petite lampe, que je n'avais pas vue dans la pénombre. Cette lumière très douce me fit sourire. Le jeune homme m'offrit une bière.

– Merci. C'est cool, la lampe. La lumière est douce. C'est relaxe. Puis, qu'est-ce que tu fais dans la vie?

Il prit une gorgée, posa la bouteille sur la table.

– Pas grand-chose d'intéressant. Je t'avais jamais vue dans le coin.

– Moi non plus, je t'avais jamais vu. Je suis née ici. J'ai passé ma vie entre le parc et chez nous.

Il prit une longue gorgée. Je fis de même. Je n'aimais pas particulièrement le goût de la bière, mais à défaut d'autre chose, je pouvais m'y faire. Je jetai un œil autour de moi. Franck, assis à côté, semblait réfléchir. Je cherchais un cendrier du regard. N'en remarquant aucun, je crus qu'il ne fumait pas. Je réprimai mon envie d'allumer une cigarette. Il se leva.

– Tu aimes quoi comme musique? demanda-t-il.

– Franchement, je préfère le rock, le punk, le heavy puis le grunge.

– Cool, je vais mettre du Nirvana.

Il sortit du salon. Je notai l'absence de chaîne audio. Comment allait-il pouvoir faire jouer un disque compact? La réponse ne tarda pas : j'entendis les premières notes provenant d'un peu plus loin. Je me levai et me dirigeai vers le son. Je quittai le salon, m'engouffrai dans le couloir. La musique venait de la première pièce. Je m'arrêtai sur le pas de la porte.

Franck était assis sur son lit. Il me fit un petit signe de la main. Je le rejoins. Ce jeune homme semblait triste. Il émanait de lui une aura de déprime. Mue par je ne sais trop quelle idée, je m'avançai. Je me plantai devant lui. Il ne bougea pas. Je m'installai à califourchon sur ses cuisses. Il réagit immédiatement en m'enlaçant, laissant ses mains glisser dans mon dos sous ma camisole. Je l'embrassai.

La musique s'était tue depuis longtemps lorsque notre étreinte prit fin. Nous étions en sueur et j'avais une envie de nicotine insoutenable. Depuis que Michel avait été amené au loin, je n'avais jamais eu de relation sexuelle aussi plaisante. Franck avait réveillé une petite bête en moi. Je me levai, me rhabillai. Il s'étira pour prendre son bermuda, par terre. Je ne fis pas attention à lui. Je regardai l'heure sur son réveil-matin. Minuit. Je devais rentrer. Je me dirigeai vers la porte de la chambre.

– Attends, dit Franck. Tiens, j'espère que c'est assez.

Il me tendit des billets de banque, pliés en deux. Je les saisis, comptai le tout. Cent quarante dollars. Je trouvais cela généreux. Je savais que j'aurais dû m'horrifier, que je me rendais coupable de prostitution en acceptant l'argent. Ma conscience m'abandonna devant le papier vert dont j'avais tant besoin.

– C’est bien correct, ça, répondis-je.

– C’est cool. T’es souvent au parc?

– Pas mal, oui.

– C’est cool. Bonne soirée, là.

– Merci, toi aussi.

Je sortis de la pièce, passai au salon ramasser mon sac, quittai l’appartement. Je marchai, serrant l’argent dans ma main, pendant deux ou trois minutes. Ensuite, je m’arrêtai, rangeai les billets dans mon portefeuille, pris une cigarette que j’allumai avec délice et me remis en route. Arrivée au parc, je me rappelai qu’il me restait une infime quantité de marijuana. Je sortis le minuscule sac de plastique, confectionnai un petit joint. J’étais assise exactement là où Franck m’avait trouvée plus tôt. Je fumai ma drogue, me sentant apaisée, bouffée après bouffée, du poids de ma vie.

17

L’écriture est une activité libératrice. Je trouve ardu de me libérer. Mes souvenirs me font rougir de honte. Me le pardonnerai-je un jour? Je l'ignore. Je n’ai qu’une certitude : à l’époque, j’ai mis la responsabilité de mes actes sur le dos de la souffrance autant que sur celui de mes parents. Peut-être eux, de leur paradis, sauront-ils me pardonner.

Dès le lendemain midi, après m’être douchée et pomponnée, je partis en quête d’un emploi. Ma mère me vit sortir sans même me parler. Je m’arrêtai au dépanneur, achetai un paquet de cigarettes, ainsi que des billets d’autobus. Je me rendis au centre commercial le plus près, Place Fleur-de-Lys. Je trouvai un endroit pour photocopier mon curriculum vitae. Puis, je commençai ma distribution, pleine de confiance.

Je décidai de ne pas entrer seulement là où il y avait des affiches qui demandaient du personnel. J'allais systématiquement partout. Les gens que je croisai me semblaient sympathiques et chaleureux. Mon cœur se remplissait d'espoir. Un travail signifiait une plus grande maturité, une plus grande liberté et moins de temps libre à souffrir. Lorsque j'eus visité la moitié des boutiques du centre, je m'arrêtai pour casser la croûte. En posant mon popotin sur un siège, à une table de la section fumeurs, j'eus la surprise de voir mon revendeur de drogue en train de déguster une poutine. Il me fit signe, je le rejoins.

– Hé! Beauté! dit-il en souriant. Qu'est-ce que tu fais dans le coin?

– Salut Phil. Je me cherche une job. Puis toi?

– Une job? Tu trouveras rien ici, ma belle. Puis, si tu trouves, ça sera pas payant pantoute. Moi je suis venu m'acheter un jeu de PlayStation, puis me taper une poutine Ashton. C'est tellement la meilleure!

– En tout cas, elle est meilleure que celles des cafétérias d'hôpital!

– Hein?

– Laisse faire, je me comprends. Comme ça, tu penses que je peux pas me trouver une job ici? Pourquoi, donc?

Je pris une bouchée dans mon hamburger, que je mâchai lentement.

– Bien, primo parce qu'ils cherchent tout le temps du monde avec de l'expérience. Ils vont te dire que non, mais c'est ça qui est ça pareil.

– Comment tu sais que j'ai pas-

– Jo, je te connais depuis que tu sortais avec Mich, il y a des années! Je suis ton gars de confiance. J'étais celui de Mich aussi. Je sais. C'est tout. Des bons clients, on en prend soin.

– Ah. Puis ton deuxio?

– Deuxio, t'es bien que trop belle pour pourrir dans un magasin de linge pour une paye de cul.

Je pris une gorgée de boisson gazeuse. Mon revendeur avala une bouchée énorme de frites dégoulinantes de sauce brune. Je grimaçai, ce qui le fit sourire.

– Phil, je cherche pas à me mettre riche. Je veux juste avoir de quoi te payer puis payer mes smokes.

– Écoute, beauté, j'ai de quoi à te proposer. Ça fait un bout que je me dis que t'allais bien finir par vouloir avoir plus de cash. Garder des flots, c'est pas payant bien bien, puis sans ton frère pour te fournir quand t'en manques, c'est pas cool.

– Parle toujours, on verra bien, répondis-je en croquant dans mon hamburger.

– As-tu déjà pensé à être payée pour rendre service? chuchota-t-il en se penchant légèrement vers moi. Ça, c'est vraiment payant. Imagine : en une heure de travail, tu fais cent cinquante piastres, facile! Moins ma commission, il te reste un beau cent piastres juste pour toi.

J'avalai ma bouchée. Quelque chose en moi me disait qu'il valait mieux fuir ce genre de proposition, mais l'appât du gain l'emportait. De plus, j'avais remarqué que ma consommation de marijuana devenait plus coûteuse.

– Comment ça marche, ton affaire? demandai-je en tentant de rester de marbre.

– C'est simple. Je te fournis les clients. Ils payent, tu me donnes ma commission. C'est pas plus compliqué.

– Ouin, mais je pense que c'est pas une bonne idée. Je me vois mal expliquer à ma mère que le gars qui téléphone chez nous, c'est mon boss. Encore moins lui expliquer ce que je fais!

Nous avions tous deux fini de manger. Il tira une cigarette de son paquet. Il m'en tendit une, levant ses sourcils, un sourire en coin. Il m'offrit du feu, puis il alluma la sienne, inspira et laissa la fumée sortir de sa bouche lentement.

– Jo, je suis pas con à ce point-là. Je sais qui sont tes parents. J'habite dans le coin depuis toujours, moi aussi. Je te donnerai une pagette. T'auras juste à la cacher. Puis, de toute façon, c'est une job de soir, pas une job de jour.

Mes parents se rendraient sûrement compte, à un moment ou à un autre, que je ne rentrais pas à l'heure. Par contre, ce problème se contournait aisément.

– OK, on peut essayer, dis-je.

Phil écarquilla ses grands yeux bruns, manquant de s'étouffer de surprise.

– J'en reviens pas! lança-t-il. Oui, de même, là? Tu prends même pas le temps de réfléchir?

– Nope. Écoute, je te dis pas que je vais faire ça toute ma vie, mais là je suis célibataire, jeune, belle, puis j'ai besoin de cash. Tu me fais un prix, vu que je travaille pour toi?

– Sur le pot puis la coke, oui. Mais pas sur l'héro.

– J'en veux pas, d'héro.

– C’est un deal. Je vais aller te chercher une pagette. On se retrouve au parc, même place que d’habitude, à huit heures ce soir.

– C’est cool. J’ai-tu besoin de linge en particulier, pour travailler?

– Ouin, essaye que ce soit court en masse, mettons. À plus!

Il se leva, m’embrassa sur le front en glissant quelque chose dans ma main. Je le regardai s’éloigner. Même pour moi, qui étais plus grande que la moyenne, Phil était grand. Musclé, cheveux, barbe et moustache soigneusement rasés, il inspirait la confiance avec ses yeux pétillants, presque enfantins. Pourtant, jadis, il n’avait été qu’un des gamins mordus de hockey du quartier. Il avait joué dans la rue, avec mes frères, avant de prendre le chemin des affaires. J’écrasai mon mégot, ouvris la main. Un minuscule sac de plastique contenant une substance verte. Un cadeau précieux. Un gage. La signature d’un contrat.

J’enfouis la drogue dans mon sac à main, me levai, puis me dirigeai vers la poubelle. Je jetai mes curriculum vitae avec les restes de mon repas. Je pris ensuite la direction d’une boutique de vêtements à la mode. J’achetai une mini-jupe et une camisole qui s’agençaient parfaitement avec mes sandales à talons hauts. Je quittai le centre commercial, me rendis à la maison.

En entrant par la porte de la cuisine, je constatai que ma mère s’était encore absentée. Tant pis. Il était seize heures, il faisait chaud. J’allai dans ma chambre, revêtis mes vêtements neufs, attrapai une veste. De retour près de la table à dîner, je trouvai un papier et un crayon.

Je griffonnai une note disant que je ne rentrerais qu'à la fin de la soirée, que j'étais avec de nouveaux amis, de ne pas m'attendre pour se mettre au lit puisque j'avais mes clés.

Je sortis de la maison familiale. Je me rendis au parc. Je fus déçue de constater qu'il y avait encore un grand nombre de familles profitant du soleil. J'avais envie de calme pour fumer un joint. Je me dirigeai donc vers un coin qui n'était pas fréquenté par le commun des mortels. Il s'agissait d'un endroit bien connu des voyous. Il ne s'y en trouvait pourtant aucun. Je fumai lentement ma drogue, me sentant de plus en plus calme. J'avais beau avoir décidé de m'engager sur un chemin, il m'effrayait tout de même.

Vers dix-huit heures, je commençai à ressentir la faim. Il me restait de l'argent. Je me rendis, à pied, à un casse-croûte. Je pris mon temps pour manger des frites, deux pains à la viande et pour boire un grand Pepsi.

Un peu avant vingt heures, j'étais au lieu du rendez-vous. Phil arriva, m'enlaça affectueusement.

– C'est cool, ton linge. Même que ça te met tellement en valeur que j'ai le goût d'être ton premier client! lança-t-il en posant ses grandes mains robustes sur mes hanches et en m'attirant vers lui.

– Tu serais mon deuxième, d'abord, répondis-je en jouant les minettes.

– Hein? T'as commencé sans moi?

Je me dégageai.

– Non, pas vraiment. J'ai eu une aventure, hier. Je pensais que c'était un *one nigtht*, mais le gars m'a payée. J'ai dit merci, puis je suis partie. J'aurais été bien folle de cracher là-dessus, tu sais!

Il éclata de rire.

– Ouin, bien moi qui pensais te connaître! s'exclama-t-il. Je pensais vraiment que t'étais une sainte-nitouche. C'est pour ça que j'ai été crissement surpris, après-midi, que t'acceptes de travailler pour moi. C'est hot. Tiens, voilà ta pagette.

Il me remit un bidule en plastique noir.

– Quand je vais avoir besoin de toi, je vais te *caller*. Le numéro de téléphone qui va apparaître sur la pagette, va falloir que tu me rappelles là.

– Compris boss.

– Je vais te donner les instructions à suivre quand tu vas m'appeler. Normalement, je vais aller avec toi. Je tiens à ta sécurité. Si moi je peux pas y aller, ça va être mon ami. Tu sais, Saint-Cyr?

– Le grand maigre, là?

– Ouin, c'est ça. Il est peut-être maigre, mais il pourrait tuer un boxer *one shot*! Il faut jamais juger le monde par ce qu'ils ont l'air. La preuve, je pensais que t'étais-

– Une sainte-nitouche! complétais-je en riant. C'est tellement pas le cas! Puis, quand est-ce que je commence?

– Maudit que je t'aime, toi! Déjà prête, comme un scout! Mais, il faut que tu me laisses un peu de temps. Je dois les trouver, les clients. Je sais qui viser en premier, mais moi, je travaille plus de soir, ça fait que j'ai pas fait de pub dans la journée, mettons. En attendant, viens donc faire un tour chez nous.

– C'est cool.

Je le suivis jusqu'au stationnement, où il me fit monter dans une Honda Civic noire à deux portes. Il démarra. La musique de Nirvana explosa dans les haut-parleurs. Il habitait tout près.

– Pourquoi t'es en char, vu que tu restes à côté? demandais-je.

– On sait jamais. C'est plus prudent, je trouve.

Après quelques coins de rue, il entra entre deux triplex dans une ruelle de gravier comportant des autos stationnées devant des clôtures usées. Çà et là, on retrouvait quelques fleurs mal entretenues. Sur les galeries, des gens, jeunes et vieux, passaient le temps. Phil se gara et sortit de la voiture. Je le suivis dans l'appartement du rez-de-chaussée d'une des maisons à trois logements.

À l'intérieur, un gros matou orange nous accueillit.

– Heille, le Chat! s'écria Phil joyeusement. Jo, je te présente le Chat. Le Chat, je te présente Jo. Cool, non?

– Ouin, pas mal, répondis-je en caressant l'animal qui se frottait à mes jambes. C'est chez vous?

– Bien oui. Tout le triplex est à moi. J'ai acheté ça quand j'ai eu dix-huit ans. Payé cash. Pas de troubles.

– Je savais pas que tu étais un homme d'affaires, ricanais-je.

– Il y a plein de choses que le monde sait pas sur moi. Tu veux-tu une bière?

– Oui, merci.

Nous nous trouvions dans la cuisine. Elle était beaucoup mieux décorée que chez moi. Les électroménagers étaient modernes, noirs. Les murs étaient d'un jaune très doux, presque beige. Le plancher de bois verni semblait impeccable. La propreté des lieux m'étonna.

– Tiens, dit Phil en me tendant une bouteille. T'as l'air surpris.

– C'est juste que je m'attendais à ce que tu restes dans un-

– Dans une place toute sale puis dégueu?

Je sentis mes joues rougir.

– Un peu, oui.

Il éclata de rire.

– Ouin, c'est toujours ce que le monde s'imagine. Bien non. J'ai une femme de ménage. Je prends soin de mon foyer. C'est important, tu sais. Comme je prends soin de mon corps. Viens, je vais te faire faire le tour.

Je lui emboîtai le pas. Il me montra sa salle d'exercice, qui contenait un vélo stationnaire, des poids, un grand miroir. Ensuite, il m'indiqua sa chambre. Nous passâmes au salon. Je pris place sur une causeuse en cuir noir, il s'assit sur la deuxième.

– Faut pas que tu te gênes, hein! dit-il. Tu viens ici tant que tu veux. Si je peux pas te recevoir, je te le dirai. Puis, si je suis pas là, Saint-Cyr est presque tout le temps dans son loyer, en haut, première porte. Faut qu'on te trouve un surnom.

Il prit une gorgée de bière, j'allumai une cigarette. Le crépuscule cédait sa place à la noirceur. Phil se leva, tira les rideaux bordeaux, ouvrit la chaîne stéréo au poste de radio en vogue et tourna le gradateur mural. La lumière tamisée de deux lampes me réconforta.

– Qu'est-ce que tu penses de Féline? demanda-t-il.

– Féline? m'exclamais-je en m'étouffant avec une gorgée de bière. Coudonc, toi, c'est-tu mon corps que tu veux vendre ou des poupées Barbie? répondis-je en riant.

Il se rassit à mes côtés, cette fois. Il ouvrit un coffret, posé sur la table de salon. Il en sortit un petit miroir et une lame de rasoir.

– T'as jamais fait de coke, hein ma belle? Michel t'a pas montré ça?

– Non, en effet. Il en prenait pas, me semble.

Je pris une gorgée de bière pour cacher mon malaise. Je sentais mes mains devenir moites.

– Oui, Mich en faisait avec moi, des fois. Désolé de te l'apprendre, Jo. Tu sais, pour lui, c'était l'enfer de continuer à vivre. C'était toi qui le retenais en vie. Puis, je le comprends!

Il arrêta de bouger, ses yeux fixaient devant lui. J'admirais un de ses nombreux tatouages. Il tourna la tête vers moi, l'air grave.

– Écoute, poupée, il faut absolument pas que tu parles de notre business à personne. C'est-tu clair?

– C'est sûr, je suis pas folle!

Mon ton de voix avait été sec. Je n'avais pas l'intention que Phil me prenne pour une enfant.

– Mon surnom, ajoutais-je plus doucement, ça pourrait pas être juste un nom d'emprunt? Genre Karine.

– Karine? C'est poche.

Il préparait des lignes de poudre blanche. Mon cœur battait. La peur me paralysait. Je ne répondis rien, l'observant.

– Faut pas que t'aies peur, poupée, ça fait pas mal. Après ça, tu voudras plus jamais de pot, parce que tu vas te rendre compte que ça, c'est pas mal mieux. Ça va te faire plus de bien, puis ça empestera pas dans tes beaux cheveux noirs. Regarde.

Il sortit une petite paille du coffret. Les deux plus longues lignes blanches disparurent en un instant. Il me tendit la paille.

– Ton tour, ma belle.

Je tentai de maîtriser le tremblement qui m'assaillait. Il s'agissait d'une drogue coûteuse, qui pouvait avoir des effets néfastes sur ma santé. Je ne devais pas en consommer. Mon cerveau tenait son discours, imitant la voix de ma mère, alors qu'il faisait tout de même pencher mon corps vers la table. En moins de temps qu'il ne s'en faut pour crier hippopotame, les deux autres lignes, plus courtes, avaient trouvé leur chemin dans mes narines. L'effet désagréable me fit à peine sursauter. J'eus, par contre, l'impression de tuer Amanda de nouveau. Une image d'elle, pleurant, m'apparut. Je la chassai, frustrée.

– T'avais juste à pas te suicider, si tu voulais pas que je fasse des niaiseries! murmurais-je entre mes dents. T'avais juste à pas me laisser toute seule dans ce monde de fou, avec une mère à moitié folle puis un père qui se crisse de moi!

Phil avait disparu. Je me rassis. J'allumai une cigarette, finis ma bière. La musique, la lumière tamisée, l'alcool et la drogue me donnaient l'impression d'être dans un coussin moelleux. J'entendais des voix, au loin. Après quelques minutes, une porte se ferma. Phil revint s'installer près de moi.

– Puis, ma belle, t'as trouvé un nom de travail? demanda-t-il en passant sa main large sur ma nuque.

Le frisson qui me parcourut me réveilla.

– Avec qui tu jasais? questionnais-je à mon tour.

– Avec Saint-Cyr. C'est lui qui est de garde au parc, ce soir. Puis, ton nom?

– Aucune idée. Rebeca, peut-être.

– Rebby, murmura Phil. C'est plus cool, non?

– Oui, c'est plus cool, conclus-je dans un filet de voix.

Quelque chose en moi céda, cessa d'exister. J'aimerais toujours Michel, mais je devais survivre sans lui quelques années. Je savais que Fabien et Rénald m'aimaient. Je ne pouvais toutefois pas compter sur eux. Mes parents m'avaient trop retenue. Ils ne m'avaient pas assez soutenue. Ils avaient échoué : Amanda avait fini d'emporter mon âme avec elle au royaume des morts. Je succombai au mal, en moi. Ce soir-là, dans les bras de Phil, je devins Rebby.

Le lendemain soir, Phil envoya un numéro de téléphone sur ma pagette. Je lui téléphonai. Il m'apprit qu'il avait un contrat pour moi, qu'il voulait que je le rejoigne dans le stationnement du parc dans trente minutes. Cela ne me laissait le temps que de me rafraîchir, retoucher mon maquillage et passer mes vêtements de travail. Mes parents étant sortis marcher au Vieux-Port, je leur griffonnai une note, ramassai mon sac, vérifiai que mes cigarettes et mon briquet s'y trouvaient, puis verrouillai la porte derrière moi.

Phil fut pile à l'heure, dans sa voiture noire. Je grimpai à bord. La musique de Nirvana crevait les haut-parleurs. Phil démarra en me souriant.

– Où c'est qu'on va, demandai-je en me tordant les mains.

– T'as pas besoin d'être nerveuse, ma belle, répliqua-t-il en riant. Je t'amène dans un motel du boulevard Hamel. Le client va s'occuper de louer une chambre, puis moi, je vais rester à t'attendre dans l'auto. Pour une première fois avec ce client-là, ce sera plus sécuritaire.

– Ouin. Je peux en fumer une, avant d'arriver?

– Bien sûr, mais baisse ta vitre, pour pas qu'on étouffe.

Je m'exécutai. La nicotine me calmait. Je sentais mon cœur battre moins fort. Lorsque nous arrivâmes au motel, Phil stationna sa voiture.

– Reste ici, je vais voir si le gars est bien là.

Il sortit du véhicule, marcha vers une porte à laquelle il frappa. Je ne voyais pas bien, d'où je me trouvais. Phil revint en moins de trois minutes.

– C'est cool, tu peux y aller, dit-il. C'est la porte vingt-deux, juste là.

J'ouvris la portière. Comme je sortais, je sentis la main de Phil sur mon dos.

– Attends! Si ça va mal, t'as juste à crier. Encore mieux, ouvre la porte. Je vais y aller.

– Merci, Phil. Mais, je suis sûre que ça va bien aller.

Je sortis, fermai la porte du véhicule, me dirigeai vers la chambre et frappai timidement. Un homme aux cheveux grisonnants, aux épaules carrées, aux yeux bruns ténébreux m'ouvrit. Il me sourit, me faisant signe d'entrer. Je lui emboîtai le pas à l'intérieur. Mon destin se scella avec la porte qui se fermait.

La chambre n'avait rien de romantique : vieux tapis vert usé, murs jaunis, meubles plaqués de bois foncé. L'habillage de fenêtres, assorti à celui du lit, affichait des fleurs rose et mauve sur un fond qui avait sans doute déjà été blanc.

– Reste pas plantée là, dit l'homme en souriant. Viens, approche.

Je repris mes esprits. J'avais de l'argent à gagner. Beaucoup d'argent. Plus j'y mettrais du mien, plus ce serait facile. Je chassai les paroles que ma conscience tentait de me susurrer, redressai les épaules et affichai mon sourire le plus enjôleur. J'approchai de l'homme, qui me regardait avec appétit.

– Tu sais que t'es belle en crisse! s'exclama-t-il.

– Comment tu me veux? demandai-je.

– Joue-moi la timide, répliqua-t-il.

J'arrêtai de marcher, le laissant venir à moi. Il prenait le jeu au sérieux. Il me fit asseoir, me murmura des compliments en me caressant la cuisse. Puis, il devint plus téméraire. Je le laissai me toucher, sentant mes mains devenir moites. Je devais lutter pour ne pas me sauver. La peur rendait ma respiration difficile. Mon client dut prendre cela pour de l'excitation. Il poursuivit en me retirant mes vêtements. Il était le manipulateur et moi, la marionnette. Visiblement, ce rôle lui plaisait. Il se déshabilla, puis m'ordonna de lui obéir. Ce que je fis, plus par nervosité que pour lui plaire. L'heure passée en sa compagnie me parut durer des semaines.

Lorsque je rejoins Phil dans la voiture, ma tête tournait. J'avais la nausée. Mon ami démarra et me ramena chez lui. Bien calée dans son sofa, je reprenais peu à peu mes esprits. Il m'offrit un joint, que je fumai seule.

– Tu devrais reprendre tes couleurs dans pas long, ma chatte, dit-il. C'est la première fois qui est la plus dure, je pense bien.

Je levai les yeux sur lui.

– Le gars, il avait l'âge de mon père, murmurai-je.

– Un choc, hein? continua Phil en buvant une gorgée de bière. Je peux-tu faire de quoi pour toi? Tu penses-tu continuer ou bien c'est trop dur pour toi?

Je sursautai. Avais-je l'air si mal en point? Mon orgueil piqué à vif, je me levai d'un trait. Je me dirigeai droit sur Phil, m'assit à califourchon sur lui et l'intima à me faire oublier mon premier client. Il ne se le fit pas offrir deux fois.

– Tu vois, mon cher Phil, j'ai les nerfs solides. Puis, tu pourras toujours me faire oublier les fois que des hommes me déplaisant me toucheront.

– You bet que je vais te les faire oublier, ma petite!

18

Les événements se succèdent, dans ma mémoire, à un rythme effréné. Je me sens approcher de la libération. Mon esprit ne tient plus en place. La nuit dernière, j'ai rêvé à mes amis. J'étais assise avec Amanda et Michel, sur l'herbe du parc Cartier-Brébeuf. Nous étions au début de l'adolescence, nous avions le sourire aux lèvres. Nous portions des toges blanches. Les gens passaient au travers de nous. Je me suis réveillée avec le sourire. Un jour, nous nous retrouverons.

Les semaines se succédèrent rapidement. Ma mère cessa de m'ignorer. Elle ne prit cependant pas la peine de me demander pardon. Mon père décida de travailler un peu moins, ce qui aida grandement maman à retrouver son équilibre psychologique. Ils se mirent à sortir, le soir : promenade au Vieux-Port, cinéma, spectacles. Étrangement, ils avaient relâché leur vigilance. Je n'avais plus de couvre-feu. Papa prétendait que si je pouvais occuper un emploi, je pouvais prendre soin de moi.

Je leur avais dit que je travaillais, l'après-midi, à taper des documents à la machine, pour un agent d'immeuble. Le soir, je déclarais que je rejoignais des amis. Tout allait pour le mieux, à la maison. Maman était beaucoup plus détendue, Fabien et Mélanie nous rendaient visite régulièrement. Déric ne descendait que très rarement. Par contre, ma belle-sœur passait beaucoup de temps avec ma mère. Ce qui me laissait plus de liberté.

Rénald m'écrivait tout son bonheur. Il redoutait le retour à la maison. Michel continuait de me raconter ses journées en prison. De mon côté, je leur envoyais des lettres joyeuses. Je leur mentais à tous les deux. Je n'étais pas joyeuse.

Phil me dégottait beaucoup de clients. Certains soirs, nous prenions congé et passions du temps ensemble, à regarder un film ou à écouter de la musique. Dans les premiers jours de mon nouveau travail, je m'étais contentée de consommer de la marijuana. À la fin des vacances estivales, j'avais ajouté une ou deux soirées de cocaïne par semaine.

Le deuxième dimanche d'août, Rénald revint à la maison; sa session, au cégep, commençait le lundi. Il rayonnait à son arrivée, puis se ternit au fil des jours.

Lorsque vint le temps pour moi de retourner sur les bancs d'école, Rénald était complètement livide. Nous ne partagions plus de soirées ensemble. Il filait chez Fabien dès qu'il le pouvait.

La rentrée me fut pénible. Je n'avais réellement pas envie de me lever si tôt. Je n'avais pas envie de m'asseoir pour écouter des enseignants. Je n'avais pas envie de voir d'autres jeunes. Je me rendais en classe, la mort dans l'âme.

Un midi de septembre, je rentrai de l'école pour le dîner. Je trouvai la cuisine déserte. Ma mère m'avait laissé une note. Elle n'en pouvait plus d'être prisonnière toute la journée dans la maison, alors elle avait décidé de faire du bénévolat. Je devrais dorénavant manger seule. Je me sentis libérée d'un poids. Comme si on avait retiré deux dictionnaires de sur mes épaules. La relation entre ma mère et moi devenait de plus en plus formelle. Les moments où je devais être avec elle étaient pénibles. Je n'avais rien à lui dire.

Je profitai des fins d'après-midi pour exécuter mes travaux scolaires. Maman rentrait de son bénévolat. Elle préparait le souper. Mon père arrivait. Nous passions à la table. Mes parents discutaient, je demeurais généralement en silence. Leur monde ne m'intéressait pas. Le mien ne les intéressait pas. Nous étions quittes.

J'avais expliqué à mes parents que l'agent d'immeuble pour qui je travaillais pouvait avoir besoin de moi, certains soirs, la semaine. Je pouvais ainsi justifier plusieurs soirées à l'extérieur de la maison. Mon père finit par me dire que, tant que j'étais de retour pour vingt-deux heures, il ne poserait pas de questions.

Étant donné la nature de mon travail, ce couvre-feu était difficile à respecter. Il m'arrivait régulièrement de rentrer, de faire semblant de me mettre au lit, d'attendre que tout soit silencieux (mes parents se couchaient à vingt-deux heures trente) et de sortir en douce pour rencontrer un client.

Vers la fin octobre, ma consommation de cocaïne avait augmenté, le stress scolaire me poussant à chercher des moyens de m'évader. J'avais recommencé à subir les mauvais rêves. Mes nuits s'écourtaient. Je devais tout de même maintenir le rythme, pour ne pas me trahir.

Le premier samedi de novembre, vers vingt heures, je me rendis chez Phil. Celui-ci m'ouvrit la porte en souriant. J'entrai, retirai mes bottes et mon manteau. Je le suivis au salon. La lumière tamisée me prodigua un sentiment de confiance, de bien-être, d'abandon. Je me laissai tomber sur une causeuse. Phil s'installa à côté de moi.

– Jo, j'ai pensé à quelque chose, dit-il.

– Quoi, ça?

– Mon locataire d'en haut-

– Saint-Cyr?

– Non, l'autre. Bien, il m'a demandé s'il pouvait casser son bail. Il veut partir faire de l'aide humanitaire et répandre la parole de Dieu!

– Wow! Il est viré sur le top!

– Je sais pas. En tout cas, je lui ai dit oui, ça fait qu'il part la semaine prochaine. Qu'est-ce que tu en penses si je le louais pas, le logement? On pourrait l'arranger confortable pour que tu reçoives les clients là. Je leur loue une chambre, comme s'ils t'amenaient au motel. Tant de l'heure.

J'applaudis.

– Cool! Ça va me sortir des maudits motels sales.

– Ouin, puis moi, je vais t'avoir en haut, ça fait que ça va être plus facile de te protéger. I drink to that, tabarnac!

En s'exclamant, il leva la bouteille de bière qui reposait sur la table, puis la vida d'un trait. En sortant un sac de poudre blanche du coffret, il m'invita à me joindre à lui. Son habitude était simple : il me fournissait et déduisait ma consommation du montant payé par le prochain client. Je respirai ma part, sur le miroir, puis me calai dans le sofa.

– T'as donc bien l'air fatigué, Jo, lança Phil. Une chance que t'as pas personne à soir.

– Ça fait des semaines que je dors juste quatre heures par nuit. Sauf que là, depuis la semaine passée, je dors juste deux ou trois heures. Je suis rendue que je consomme sur l'heure du dîner. Tous les jours.

Il me prit par les épaules et m'attira vers lui. Je me couchai la tête sur ses cuisses. Il flattait mes cheveux.

– Pauvre fille! C'est quoi le problème, coudonc?

– Juste des cauchemars qui me lâchent pas depuis quelques années.

J'avais la nette impression de ne pas pouvoir lui parler de la situation à la maison, qui me rendait anxieuse. Je n'en parlais qu'à Michel. Seul lui savait que ma mère avait recommencé à écraser des pilules dans du jus, pour moi, le soir. Tout le monde ignorait que je ne le buvais pas, de peur d'être assassinée.

Je quittai Phil vers vingt et une heures quarante-cinq. Arrivée à la maison, je trouvai maman en train de préparer mon verre. Je rangeai mon manteau, allai à la toilette, revins vers ma chambre. Elle m'intercepta.

– Jocaste, je t'ai fait ton jus, dit ma mère en me le tendant.

– Merci.

Je saisis le verre, fit un pas vers ma porte.

– Attends! ajouta maman. Attends, je veux te dire un mot.

– C'est qui a? répondis-je entre mes dents.

– C'est Noël bientôt-

– Je veux rien, m'man.

– Bien voyons donc, tu sais bien que tu vas avoir des cadeaux, franchement! s'indigna-t-elle. Non, ce que je voulais dire, c'est que cette année, au lieu d'aller réveillonner avec les Levasseur, papa puis moi, on pensait partir dans le sud, en amoureux. Tu sais, un genre de deuxième lune de miel. Est-ce que ça t'offusquerait bien gros?

– Pantoute! À condition que moi, je sois pas obligée d'aller chez les Levasseur! ricanais-je.

– Une chance que ton père t'entend pas, rétorqua maman avec un clin d'œil. Bon, c'est réglé, je vais pouvoir réserver notre voyage. Rénald part en Ontario pour travailler entre ses deux sessions. Si tu t'ennuies trop, tu peux toujours demander à Manon, en haut, si tu peux passer du temps avec elle.

– Laisse tomber, je m'ennuierai jamais assez pour ça! m'exclamai-je. Je peux-tu aller me coucher, là?

– Oui, oui. Merci, ma puce. Je suis contente. J'ai toujours rêvé aller en voyage dans le sud.

Je retrouvai mon lit, m'y étendis pour sombrer dans un sommeil agité. Michel m'apparut. Il me disputait. Il me crachait au visage : « T'es devenue une pute! Tu sniffes de la coke! Tu m'écoeures! » Je pleurais, plaidais que ce n'était qu'en attendant. Michel sortit un couteau, m'attrapa par les cheveux, voulu me trancher la gorge. Phil arriva à ce moment, pointa un pistolet sur Michel, tira. Le sang m'éclaboussait le visage. Je me réveillai en sursaut. Il était vingt-trois heures trente.

Je me levai, allai jeter le verre de jus dans la toilette. J'avais besoin de dormir. L'épuisement m'empêchait de vivre. Depuis quelques semaines, je ne mangeais plus que le tiers de ce que j'avalais autrefois, je devais appliquer une épaisse couche de cache-cerne sous mon fond de teint et je voyais des images de mort partout, même éveillée.

Je retournai dans ma chambre, ouvrit la fenêtre. Je me glissai à demi à l'extérieur, fumai un joint, refermai la vitre en grelottant. Je me recouchai, me rendormis. Cette fois, mes parents m'apparurent. Le rêve classique, celui que je faisais toutes les nuits. Celui où ma mère et mon père me torturaient, où ils refusaient de me laisser mourir. Maman tentait de me faire avaler de la poudre : « Envoye! Mange ça, tu vas pouvoir mourir une fois pour toutes. M'en va être enfin débarrassée de toi ». Je me réveillai en larmes. C'en était trop! Ces rêves me hantaient depuis trop longtemps.

Je me levai, fouillai dans mon sac. J'avais besoin de drogue. Je n'en avais plus. Comment avais-je pu passer la soirée chez Phil sans refaire mes provisions? Je suais. Je tremblais. La voix de ma mère résonnait dans ma tête : « Je vais me débarrasser de toi! Tu vas enfin mourir! Puis tu vas souffrir! T'es juste une pute! Tu vas souffrir! » J'entendais mon père rire.

Je m'accroupis par terre, en pleurant.

– Laissez-moi donc tranquille! J'ai rien fait, moi. C'est pas moi qui ai tué Amanda! C'est pas moi qui ai attaqué le violeur! C'est pas moi qui ai tué Amanda!

Les voix de mes parents qui riaient devenaient de plus en plus fortes, dans mon esprit. Je voyais tournoyer des images : Taupin violant Amanda pendant que Madame Montblanc tricotait à côté; Michel tuant le bébé d'Amanda; mon père et ma mère mangeant mes membres. Et les rires. Ils n'en finissaient plus. Tout bouscula dans une brume noire.

Lorsque le nuage de noirceur se dissipa devant mes yeux, très lentement, suivant mon agonie, je me trouvais recroquevillée par terre, dans le coin le plus éloigné du lit de la chambre de mes parents. Je mis plusieurs battements de cils avant d'être en mesure de voir un couteau ensanglanté à mes côtés. Je baissai le regard pour découvrir mes mains poisseuses, les giclées de sang sur mes jambes, mes bras et mes vêtements. Ma tête semblait coincée. J'eus de la peine à la tourner pour regarder autour de moi. Il y avait du rouge partout : sur les murs, sur le plafond et sur le plancher. Le plafonnier avait été allumé. Peu à peu, je percevais Rénald dans la pièce. Il parlait au téléphone. Les sons ne me parvenaient que très flous, au ralenti. Je n'arrivais pas à saisir ce que mon frère disait. Un bourdonnement incessant vibrait comme le bruit d'une ruche dans mes oreilles. Je fus bientôt prise d'un fou rire incontrôlable. J'étais incapable de m'arrêter. Ce n'était pas moi qui riais. C'était quelque chose qui se tapissait depuis longtemps dans mon âme et qui sortit de moi de façon horrible cette nuit-là. Je voyais mieux, à présent. Rénald raccrocha violemment le combiné, accouru vers le coin où je me trouvais. Il se planta devant moi, le visage d'un bourreau, les membres tremblants. Il me prit sèchement sous les bras, me leva d'un trait. Je me retrouvai debout toujours hilare.

— Jocaste, câlisse! Qu'est-ce que t'as fait? demanda-t-il entre ses dents serrées.

Je ne pouvais pas répondre. Je riais. Son teint si pâle lui donnait un air de statue de cire. Ses yeux fous semblaient sortir de leur orbite, tant il était enragé. Il me gifla d'abord sur la joue droite, puis voyant que je ne reprenais pas mes esprits, me gifla sur la joue gauche. Des ambulanciers et des policiers envahirent la chambre. Je cessai de rire. Je pleurais en me frottant le visage. Je me laissai retomber sur le sol, entourant mes jambes de mes bras, baissant la tête, comme si j'avais pu ainsi disparaître dans une sorte de carapace. Je n'entendais plus rien. L'odeur de ma propre peur, la sueur qu'elle faisait perler à mes aisselles, me montait au nez. J'étais paralysée. Je ne pleurais plus, je ne riais plus. Je respirais à peine. Dans mon esprit défilaient des images de moi, pendant l'enfance : mon père qui m'accueillait à bras ouverts, ma mère qui me berçait près de la fenêtre, mon ourson en peluche. Alors que je me sentais bien avec ces images, mes parents me sont apparus tous les deux debout devant moi, des couteaux dans les mains. Leur sourire machiavélique et la lueur de folie dans leurs yeux me firent frissonner. Je levai la tête.

Ma vision était maintenant claire et mon ouïe était revenue. Mon frère avait disparu. Des policiers en combinaison blanche prenaient des photos. L'agitation m'étourdit. Je fixai mon attention sur une paire de jambes dans des pantalons noirs, immobiles devant moi. Je levai la tête. Un homme dans la cinquantaine, en complet, me tendait la main. Je la saisis pour me relever, lui faisant face. Costaud, il arborait une moustache grise. Ses yeux, derrière des lunettes discrètes à monture dorée, exprimaient une douceur comparable à celle que j'avais jadis remarquée dans le regard d'un chaton.

— Monsieur? dis-je la voix chevrotante. Est-ce que c'est fini, là? Est-ce que je vais pouvoir vivre, astheure?

Il me sourit d'un air triste et m'énuméra mes droits en me passant des menottes aux poignets. Je préférai garder le silence. Qu'aurais-je pu dire?

www.ingramcontent.com/pod-product-compliance
Ingram Content Group UK Ltd.
Pitfield, Milton Keynes, MK11 3LW, UK
UKHW022013260726
13994UKWH00006B/2444